Adrian Canis

Schweigende Zeugen - Kurzgeschichten-Sammlung

Über das Buch:

Was wäre, wenn Häuser, Burgen und Anwesen sprechen könnten? Sie hätten viel zu berichten. Hinter Mauern und auf Grundstücken spielen sich tagtäglich Geschichten von Liebe und Tod, Glück und Leid, Freundschaft und Verrat ab.

Manch verborgenes Ereignis wird in dieser Sammlung von Erzählungen enthüllt. So findet beispielsweise in einem Keller eine erzwungene Pokerrunde statt, ein Dachboden dient als letzter Rückzugsort, in einem Kinderzimmer tappt ein Serienmörder in die Falle, ein Badezimmer beherbergt eine merkwürdige Verstopfung und in einem Speisezimmer versammelt sich die Familie zu einem hinterhältigen Dinner.

In *Schweigende Zeugen* erwarten Sie 30 Kurzgeschichten aus verschiedenen Genres, oft mit unerwarteten Wendungen und einem überraschenden Ende. Ob humorvoll, gruselig, kriminell oder paranormal – für jeden Geschmack ist etwas dabei und spannende Unterhaltung garantiert.

Über den Autor:

Adrian Canis, geboren 1973 in München, studierte dort Biologie und arbeitete seither in verschiedenen Positionen in der biomedizinischen Forschung und Entwicklung. Aufgaben und Forschungsprojekte führten ihn unter anderem in die USA, nach Asien, Saudi-Arabien und in die Regenwäldern Süd- und Mittelamerikas.

Am Schreiben von Romanen und Kurzgeschichten fasziniert ihn besonders die Möglichkeit, wissenschaftliche Erkenntnisse und Theorien in fiktive Geschichten einzubetten.

www.adriancanis.de

Schweigende Zeugen

Adrian Canis

Kurzgeschichten-Sammlung

Bibliografische Information der Deutschen Nationalbibliothek
Die Deutsche Nationalbibliothek verzeichnet diese Publikation
in der Deutschen Nationalbibliografie; detaillierte bibliografische
Daten sind im Internet über www.dnb.de abrufbar

© 2016 Adrian Canis

Umschlaggestaltung: NaWillArt CoverDesign

Weiteres Bildmaterial:
fotoduki, Paha_L, Idelfoto, elenathewise, Baloncici, tanouchka,
alfonsodetomas und bialasiewicz © www.photodune.net
Victoria Vitkovska © www.graphicstock.com

Herstellung und Verlag: BoD – Books on Demand, Norderstedt

ISBN: 978-3-7412-2424-9

Inhaltsverzeichnis

Vorwort 11

Dachboden
Rückzugsort 13

Badezimmer
Blick auf die Isar 19
Verstopfung 23

Kinderzimmer
Ungeklärt 31
Das offene Tor 35
Hundesohn 40

Kaminzimmer
Blutige Weihnachten 47
Drambuie 55

Wohnzimmer
Fuck You 65
Sarah-Jane 71

Arbeitszimmer
Dein Leben 75

Schlafzimmer
Das Seil 83
Begraben 87

Küche und Speisezimmer

Sterneküche 93
Scharfsinn 95
Essen ist fertig 101
TraditionelleKüche 107

Keller

Männerhöhle 119
Heimvorteil 125
Fünf Sterne 131

Garten

Höhlenmenschen 141
Gesünder leben und sterben 149

Außer Haus: Bonusgeschichten

Die Bühne 155
Der Beifahrer 159
Schlag um Schlag 169
Kinofreundschaft 173
Ausgesetzt 179
Der Nachtarbeiter 183
Zitronenlimonade 187
Stille Wasser 193

Vorwort

Glaubt man Statistiken und Meinungsumfragen, dann sind Kurzgeschichten-Sammlungen bei Lesern nicht sehr beliebt, zumindest im Vergleich zu längeren Erzählungen und Romanen. Auch bei vielen Autoren sind sie gefürchtet. Wo sonst setzt man sich dem Urteil seiner Leserschaft so unmittelbar aus, wie mit einem Dutzend oder mehr Geschichten auf einmal?

Genau das bietet aber für einen Autor auch die Chance, besser zu verstehen, welche Art von Geschichte, Wendung und Schluss gut ankommt, und was bei den Lesern durchfällt.

Ich möchte daher die Gelegenheit nutzen, mich an dieser Stelle bei meinen Testleserinnen und Testlesern zu bedanken. Auch dieses Mal war es ungeheuer spannend, Eure Meinungen zu hören und sie mit Euch zu diskutieren, umso mehr, als Ihr alle unterschiedliche Lieblingsgeschichten hattet. Dafür, und dass Ihr es immer wieder schafft, mich zu inspirieren und anzuspornen, danke ich Euch von Herzen und widme Euch die Erzählung *Das offene Tor* in dieser Sammlung.

Herzlichst,
  Adrian Canis im Sommer 2016

PS: Die Kurzgeschichten in *Schweigende Zeugen* sind in Kategorien unterteilt, die den Orten auf einem Anwesen entsprechen. Sie handeln beispielsweise im Garten, Keller, Dachboden oder im Badezimmer, stehen aber nicht miteinander in Verbindung und können in beliebiger Reihenfolge gelesen werden. Viel Spaß!

Dachboden

Rückzugsort

Solange sich Jessie erinnern konnte, war der Dachboden für sie ein Rückzugsort gewesen. Sie hatte nichts gegen den Staub hier oben. Auch nicht gegen den Geruch oder das eine oder andere Krabbeltier.

Ihr war es auch egal, dass der Raum nur spärlich von einer Glühbirne erhellt war. Tagsüber fiel ohnehin genug Licht durch das runde Fenster an der Stirnseite. Und wenn es Nacht war, wie jetzt, dann konnte sie hier oben sitzen und die ganze Straße beobachten. Wenn sie das Licht löschte, konnte sie dabei nicht einmal von unten gesehen werden.

Jessie bahnte sich ihren Weg an den Kisten und abgestellten Möbelstücken vorbei zum Fenster.

Der Mond stand sichelförmig am Himmel. Jessie liebte den Mond, so wie sie den Dachboden liebte.

Das erste Mal hatte sie ihr Bruder hierhergebracht. Eric studierte inzwischen weit weg von daheim und Jessie sah ihn nur selten. Er hatte ihr gezeigt, wie sie auf den Dachboden kam und die Luke so verriegelte, dass niemand anderes mehr heraufkonnte. Dafür würde sie ihm ewig dankbar sein.

Jessie fühlte sich sicher hier oben. Sie erinnerte sich daran, als sie einen ganzen Tag hier oben geblieben war, nachdem sie einen Verweis in der Schule bekommen hatte. Ihre Mutter hatte sich natürlich Sorgen gemacht. Und sie war so froh darüber gewesen, ihre Tochter wiederzuhaben, dass der Verweis keine Rolle mehr gespielt hatte.

An die Sache mit dem Freund ihrer Mutter wollte sich Jessie eigentlich nicht erinnern. Er hatte sie geschlagen, nachdem er zu viel getrunken hatte. Jessie wollte nicht, dass irgendjemand ihre blauen Flecken sah, und hatte sich versteckt, bis es ihr wieder besser ging. Und bis ihre Mutter ihren Freund aus dem Haus geworfen hatte.

Nun war sie wieder hier. Warum wusste sie nicht genau, aber der Dachboden gab ihr Sicherheit. Manchmal las sie ein Buch hier oben, oder auch zwei. Aber nicht dieses Mal.

Wie lange sie schon hier war, konnte sie nicht sagen, man verlor ganz schnell das Gefühl für die Zeit. Sie musste auf jeden Fall schon eine ganze Weile hier sein.

Jessie zeichnete mit dem Zeigefinger ein Zickzackmuster in den Staub auf einer Kiste.

Mit einem Mal hörte sie von draußen laute Geräusche und Rufe. Jessie horchte angestrengt.

»Süßes oder es gibt Saures!«

Unten auf der Straße standen drei Gestalten an der Tür des gegenüberliegenden Hauses. Eine Mumie, eine Hexe mit spitzem Hut und ein wandelndes Skelett. Die Straße war gesäumt von Kürbissen, in denen Teelichter flackerten, und von orangeroten Lampions, die an den Vordächern der Eingänge baumelten.

Heute war Halloween. Und sie hatte es verpasst. Jessie durchfuhr ein Stich und sie bekam eine Gänsehaut. Seit Jahren zog sie in dieser Nacht doch immer mit ihren drei Freunden durch die Nachbarschaft. Jim ging immer als Mumie verkleidet. Bruce als Skelett und Sandra als Hexe.

Und Jessie war immer als Geist verkleidet gewesen. Wie konnten ihre besten Freunde nur ohne sie gehen? Einen Moment lang stand Jessie am Fenster und sah nach unten, wie ihre Nachbarn die Tür öffneten und einen Schwung Süßigkeiten in die Körbe ihrer Freunde packten.

Jessie sah sich im Dachboden um. Sie schnappte sich ein Leintuch von einer Kommode, riss ein Loch in die Mitte und steckte ihren Kopf hindurch. Als improvisiertes Gespensterkleid nicht schlecht. Aus einer Truhe holte sie eine weiße Mütze und stülpte sie sich über den Kopf.

Sie würde den Rest von Halloween mit ihren Freunden verbringen. Koste es, was es wolle.

Jessie fuhr zusammen. Ein lautes Piepen hatte sie beinahe zu Todeserschreckt. Doch jetzt war nichts mehr zu hören und sie setzte ihre Verkleidungsaktion fort. Noch eine Faschingspfeife in den Mund gesteckt. Die schmeckte zwar komisch, irgendwie nach altem Gummi, aber sie machte ein gruseliges Geräusch, wenn man hineinblies. Dann fiel Jessies Blick auf eine Zuckerstange auf einer Kiste. Die hatte doch vorher noch nicht dagelegen, oder? Egal, sie packte die Stange und huschte zur Luke des Dachbodens. Jessie versuchte sie zu öffnen, doch es gelang ihr nicht. Sie kannte den Mechanismus in- und auswendig, mit dem man die Klappe öffnete und die Holzleiter nach unten lassen konnte, aber wie sehr sie sich auch anstrengte, nichts rührte sich.

Während auf der Straße ihre Freunde ohne sie von Haus zu Haus zogen, rüttelte sie mit zunehmender Verzweiflung an der Luke.

Da war das Piepen wieder! Und es wurde lauter und lauter.

Jessie spürte ein Stechen in der Brust und kniff die Augen zusammen. Einen Moment später ließ der Schmerz nach und sie öffnete langsam die Augen.

Sie befand sich nicht mehr auf dem Dachboden, sondern lag in einem Bett und über ihr sah sie das Gesicht ihrer Mutter.

»Wo bin ich?«, stammelte Jessie verwirrt.

»Du bist im Krankenhaus. Aber mach dir keine Sorgen. Alles wird gut«, sagte ihre Mutter und ein paar ihrer Tränen tropften auf Jessies Bettdecke. »Dr. Cohen hat dir gerade den Beatmungstubus entfernt. Er hat bemerkt, dass du wieder selbständig atmest und dabei bist aufzuwachen.«

»Aufzuwachen? Habe ich denn geschlafen?«

»Du hast drei Wochen im Koma gelegen, nachdem dich ein Auto angefahren hatte. Wir wussten nicht, wann und ob du wieder aufwachst.« Jessies Mutter fing zu schluchzen an. »Es ist ein Wunder!«

»Es ist schon ein kleines Wunder«, bestätigte Dr. Cohen. »Und das an Halloween.«

»Heute ist Halloween?«, fragte Jessie.

»Genau. Und weißt du, wer dich vor einer halben Stunde besucht hat? Jim, Bruce und Sandra. Verkleidet wie immer. Sie wollten nicht durch die Nachbarschaft ziehen, ohne bei dir vorbeizukommen. Sie haben dir etwas mitgebracht, damit du heute nicht ganz leer ausgehst.« Ihre Mutter zeigte auf Jessies rechte Hand. »Du hast tolle Freunde.«

»Ja, die habe ich«, sagte Jessie und hob die Hand, in der sie eine Zuckerstange hielt.

Badezimmer

Blick auf die Isar

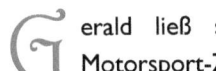erald ließ sich viel Zeit damit, die Seiten der Motorsport-Zeitschrift durchzublättern.

Es war wirklich von unschätzbarem Wert zwei Badezimmer mit Toiletten zu haben. Man konnte sich so lange Zeit lassen, wie man wollte. Lesen, den Ausblick genießen, sein Geschäft verrichten.

Nicht, dass im Moment gerade der Bedarf an einem zweiten Badezimmer oder einem Gäste-WC bestanden hätte, aber es war eben grundsätzlich nützlich. So konnte man den Tag entspannt und ohne Druck beginnen. Ohne Druck! Gerald musste grinsen.

Sein Blick glitt auf den hellen cremefarbenen Kacheln entlang zum Panoramafenster, das in eine Dachgaube eingesetzt war.

Herrlich, was für einen Ausblick man von hier hatte. Er konnte sich an der Aussicht kaum sattsehen. Selbst auf dem WC hatte man den Englischen Garten und die Isar immer im Blick. Dazu eine Reihe von Villen und alten Stadthäusern, die die Grünanlagen flankierten. Und wenn man in der Wanne unter dem Fenster lag, dann konnte man in den nächtlichen Sternenhimmel sehen und war trotzdem vor lästigen Blicken sicher. Weit und breit war keine Wohnung auf dieser Seite hoch genug, um einen Blick in die Dachwohnung zu ermöglichen.

Was für ein Privileg, diese Lage in München war wirklich einzigartig.

Gerald sah auf die Uhr und seufzte. Schon Viertel nach neun. Die Arbeit wartete. Leider konnte er es sich nicht leisten nur herumzusitzen, auch wenn es noch so gemütlich war.

Er legte die Zeitschrift zur Seite, erhob sich und wusch sich am Marmorwaschbecken die Hände. Sauberkeit war in seinem Beruf wichtig. Wer keinen gepflegten Eindruck machte, war schnell aus dem Geschäft.

Aus dem Augenwinkel sah er, wie etwas unter der Tür hervorkroch. Gerald zuckte kurz zusammen und beobachtete dann den Spalt unter der Badtür aufmerksam. Zuerst lugte nur ein schmaler, dunkler Streifen einen Zentimeter weit in den Raum hinein. Einen Moment später machte sich eine tiefrote, klebrige Pfütze auf den Fließen breit.

»Verdammter Mist« Gerald rollte mit den Augen, streifte sich Handschuhe über und öffnete die Badezimmertür. Die Tür verschmierte das Blut auf dem Boden und schuf ein Kunstwerk der besonderen Art. Gerald betrachtete es fasziniert und stieg dann mit einem ausladenden Schritt über den leblosen Körper der Frau, die im Flur lag. Die Blutlache hatte sich auf dem geschmackvollen Parkett ausgebreitet und war inzwischen bis ins Bad vorgedrungen.

Er sah hinüber zum Frühstückstisch im Speisezimmer. Dort war der Ehemann der Frau tot zusammengebrochen, nachdem ihn drei von Geralds Kugeln getroffen hatten. Der Pascha hatte seine Frau zum Öffnen der Tür geschickt. Nun, das hatte sein Leben nicht einmal um zehn Sekunden verlängert.

Verdammt schöne Wohnung. Gerald nickte seinen Opfern anerkennend zu, als er die Wohnungstür hinter sich schloss. Solche Immobilien waren in München kaum zu bekommen. Zu gerne wäre er hier selbst eingezogen, aber Geschäft war

Geschäft. Seine Kunden erwarteten Qualität von ihm. Er zog seine Handschuhe aus, holte ein goldenes Namensschild aus der Tasche seines Sakkos und steckte es sich an. Darauf stand: Gerald Rauscher, *Immobilienmakler*.

Verstopfung

Der Installateur stand vor der aufgestemmten Wand und schüttelte den Kopf. »Ihre Rohre sind völlig marode. Das kann man nicht mehr reparieren, sowas muss man komplett erneuern, sage ich Ihnen.«

»Bleirohre?«, fragte Richard und sah ratlos in das Loch in der Mauer.

»Bleirohre? Wenn es nur das wäre! Als dieses Haus gebaut wurde, waren Bleirohre wahrscheinlich noch nicht einmal erfunden.« Der Installateur grinste. »Und Bleirohre gibt's seit den alten Römern.«

Richard verzog das Gesicht. »Sehr komisch. Sie haben sich gerade um Ihr Trinkgeld gebracht. Und ob Sie den Auftrag bekommen, muss ich mir noch überlegen.«

»Was für einen Auftrag? Wollen Sie das etwa alles erneuern?« Der Installateur begann, seine Werkzeugkiste einzuräumen. »Keine zehn Pferde bringen mich dazu, so ein Projekt anzugehen. Da ist man Monate beschäftigt und ständig passiert irgendwas Unvorhersehbares und macht doppelt und dreifach Arbeit.«

Der Mann griff nach seiner Kiste und klopfte Richard auf die Schulter. »Viel Glück mit dem Haus. Ich musste den Teil der Rohre, die dieses Bad versorgen, absperren. Anders war das nicht dicht zu bekommen. Sie haben ja noch ein Bad im Erdgeschoss und eines im zweiten Stockwerk. Halten Sie mich bitte aus der Renovierung heraus. Wenn Sie mich fragen, dann reißen Sie das Haus besser ab. Es bricht Ihnen demnächst ohnehin unter dem Hintern zusammen.«

Richard starrte aus dem Bad in den Hof. Er sah dem Handwerker hinterher, wie er in den Wagen stieg und davonfuhr.

Er rieb sich die Schläfen. Verdammter Mist!

Seit vier Generationen war *Oakrich Manor* nun im Besitz seiner Familie, und ausgerechnet er musste dafür verantwortlich sein, wenn es einer grundlegenden Sanierung bedurfte.

Das wäre eigentlich die Aufgabe seines Vaters gewesen, fand Richard. Aber der hatte die 15 Jahre nach dem Tod von Richards Mutter damit verbracht, in der Welt herumzureisen. Bergsteigen in Nepal, Wüstenrallyes, Dschungeltouren und was sonst noch.

Niemand wusste, was der alte David Oakrich während seiner Abenteuer suchte. Risiko? Anerkennung? Oder vielleicht nur den Tod? Den hatte er schließlich gefunden. Von seiner dritten Reise nach Kolumbien kam er todkrank zurück und starb schließlich nach drei Tagen auf Oakrich Manor. Er hatte davor bereits während zweier Reisen fast ein ganzes Jahr im kolumbianischen Dschungel verbracht, war aber immer gesund und munter zurückgekehrt. Richard hatte danach Witze darüber gerissen, dass sein Vater dort wohl für ein Drogenkartell arbeitete. David Oakrich hatte immer abgewunken. Zu wenig lukrativ und zu wenig Spaß, hatte er gesagt.

Spaß hatte der Alte sicher gehabt. Beim Verplempern des Familienvermögens. Das Geld hätte er auch in ihr Anwesen stecken können. Stecken müssen, fand Richard.

Aber er konnte es nicht ändern. Dann musste er das eben in die Hand nehmen. Damit seine beiden Jungs später einmal den Sitz der Familie genauso genießen konnten wie

Generationen vor ihnen. Das gebot ihm seine Ehre als Oakrich.

Richard ging hinunter ins Erdgeschoss. »Sarah?«

»Hier bin ich, Darling«, rief Sarah aus dem Wohnzimmer.

»Ich fahre in die Stadt. Es wird etwas länger dauern, weil ich auf der Bank einige unserer Investments zu Geld machen muss. Wir müssen das Haus sanieren.«

»So schlimm?«, seufzte Sarah.

»Schlimmer! Und weder will noch kann oder darf ich Oakrich Manor verkaufen oder abreißen lassen. Wenn wir jetzt nichts unternehmen, wird es unser ganzes Vermögen auffressen.«

»Na gut, Schatz, du weißt sicher, was du tust.« Sie küsste ihn liebevoll und strich ihm durchs Haar.

Drei Stunden später kam Richard von seinem Termin bei der Bank zurück. Er parkte den Wagen in der Einfahrt und schlich sich ins Haus.

Er horchte, wo sich Sarah befand und ob seine beiden Söhne bereits aus der Schule nach Hause gekommen waren. Da er glaubte, Sarah im Garten zu hören, ging er leise in sein Arbeitszimmer im zweiten Stockwerk. Er schloss die Tür ab und setzte sich.

»Alles weg«, murmelte er und seine Augen füllten sich mit Tränen. Ihm wurde schlecht.

Es hatte etwas gedauert, bis er begriffen hatte, was der Bankberater ihm gesagt hatte. Dass wegen der Krise alles weg sei. Das gesamte Vermögen, das Richard angelegt hatte. Wie sich jetzt herausgestellt hatte, war es eigentlich keine Anlage gewesen, sondern eine wüste Spekulation. Richard hatte damals nicht alles verstanden, aber auf eine ordentliche

Verzinsung bestanden. Und was die Bank daraus gemacht hatte, war am Ende weniger als null.

Aber das Schlimmste war, Richard hatte einige Freunde der Familie dazu gebracht, auf dieselbe Weise ihr Geld anzulegen. Denn 25 % durchschnittliche Rendite waren ja nicht übel. Und die Freunde, die nicht selbst anlegen konnten oder wollten, für die hatte er es treuhändig übernommen. Alles weg. Und das war nicht nur das Geld für die Sanierung des Herrenhauses. Alle ihre Ersparnisse und Reserven hatte Richard in der Hoffnung investiert, damit ihre Zukunft zu sichern. Doch damit hatte er sie zerstört.

Und niemand im Finanzwesen wollte verantwortlich dafür sein.

Richard erhob sich von seinem Schreibtisch. Doch, es gab jemanden, der verantwortlich war. Und zwar er selbst und seine Gier.

Er ging in das Badezimmer im zweiten Stock, das Bad in der Etage darunter hatte der Installateur ja lahmgelegt.

In diesem Bad war David Oakrich gestorben. Richard war lange nicht hier gewesen. Man hatte sich nie so ganz einen Reim darauf machen können, was damals genau passiert war. Sein Vater war nach einer Kolumbien-Reise mit hohem Fieber nach Oakrich Manor gebracht worden, wo er vom Arzt der Familie betreut wurde. Er lag im Delirium in seinem Schlafzimmer im zweiten Stock, aber eines Morgens hatten sie ihn im Bad gefunden. Er lag in der leeren Badewanne. Als Richard ihn herausheben wollte, hatte sein Vater noch etwas zu ihm gesagt. Es klang wie »Ein Bad nehmen«. Das war alles gewesen. Dann starb sein Vater, der große David Oakrich der Dritte. Auf seinem Gesicht hatte Richard einen friedlichen Ausdruck erkannt.

Niemand wusste, wie er ins Bad gekommen war. Der Arzt konnte es sich ebenfalls nicht erklären. Man kannte Berichte von Momenten der Klarheit, kurz bevor ein praktisch bewusstloser, todkranker Mensch das Zeitliche segnete. Aber einen solchen Kraftakt hätte er ihm nicht mehr zugetraut.

Richard ging zur Badewanne und ließ Wasser hineinlaufen. Wenn sein Vater hier gestorben war, sollte er das vielleicht ebenfalls.

Er dachte an die letzten Worte seines Vaters. Nicht etwa »Ich liebe euch« oder etwas Ähnliches, sondern »Ein Bad nehmen«. Das wäre ein toller Eintrag für die Sammlung berühmter letzter Worte.

Wahrscheinlich wollte der alte David Oakrich nach Tagen, die er schwitzend im Bett verbracht hatte, einfach sauber abtreten.

Richard legte sich in die volle Badewanne. Er überlegte, wie man sich üblicherweise die Pulsadern aufschnitt. Der Länge nach, hatte er im Fernsehen gelernt. Das sah man dort ja oft genug. Aber so einen Anblick wollte er Sarah und seinen Söhnen ersparen.

Wenn er schon freiwillig aus dem Leben schied, dann ohne große Sauerei. Tabletten waren die Lösung.

Richard beschloss noch ein paar Minuten im heißen Wasser zu entspannen, sich dann in sein Bett zu legen und mit einem guten Glas Single Malt alle Tabletten zu schlucken, die er im Haus fand.

Wenigstens seine Familie hätte damit wieder eine Zukunft. Die Lebensversicherung, die er vor über 20 Jahren abgeschlossen hatte, würde auch bei einem Selbstmord zahlen. Und das nicht zu knapp.

Immerhin. Das wäre die letzte Erinnerung, die Sarah, Rafael und Marcellus an ihn haben sollten. Dass er es für sie getan hatte.

Richard stieg aus der Wanne und zog den Stöpsel nach oben. Oder besser, er versuchte es.

Das blöde Ding ließ sich nicht herausziehen. Einen Moment überlegte er, das Wasser einfach in der Wanne zu lassen. Das war nun eigentlich auch egal. Aber irgendwie kam es ihm nicht richtig vor, das Bad so zu hinterlassen.

Er stemmte seine nackten Füße gegen den Wannenrand und zog wie wild am Wannenverschluss. Wenn er jetzt in der nassen Wanne ausrutschte, brach er sich vielleicht das Genick. Aber bei seinem Glück würde es wahrscheinlich mit einer Querschnittslähmung enden. Das war das Letzte, was er jetzt noch gebrauchen konnte.

Dann löste sich der Stöpsel und in einem hohen Bogen flogen grüne Splitter und Glasbrocken durch das ganze Bad. Richard kniff die Augen zusammen, denn eines der Glasstücke hatte ihn nur knapp unterhalb des rechten Auges getroffen.

Verdammt, was war das denn? Er sah sich den Verschluss der Wanne an. Daran hing ein langer Nylonstrumpf, in dem sich offenbar die Geschosse befunden hatten, die durchs Bad geflogen waren. Teils lagen sie noch in der Wanne, aber viele schienen im Rohr geblieben zu sein.

Richard hob einen grünen Brocken auf. Er wog ihn in der Hand und hielt ihn gegen das Licht des Badfensters.

Ein tiefes Tannengrün leuchtete ihn an. Dann dämmerte es Richard. Er stieß eine Reihe von Jubelschreien aus und tanzte durchs Bad, wobei sein Gemächt fröhlich durch die Gegend schwang.

Das war es, was sein Vater in Kolumbien gesucht und gefunden hatte. Smaragde. Sie waren so wunderschön und es waren so viele, dass Richard es kaum fassen konnte. Und sie waren der Grund, warum David Oakrich ein letztes Bad nehmen wollte.

Jetzt würden sie die Familie Oakrich in eine saubere Zukunft führen.

Kinderzimmer

Ungeklärt

enny zupfte Ralf am Ärmel. »Bleibst du noch ein wenig bei mir, Papa? Lies mir bitte noch eine Geschichte vor. Bleib an meinem Bett, bis ich eingeschlafen bin, ja?«

Ralf sah ihm in die Augen. »Natürlich. Aber du musst keine Angst haben. Ich bin doch da.«

»Manchmal sind Monster unter meinem Bett, da bin ich mir sicher! Und auf dem Baum sehe ich sie auch ab und zu.« Benny deutete auf den Baum vor seinem Fenster.

»Da sind keine Monster unter deinem Bett. Es gibt keine Monster! Und der Baum ist doch harmlos. Das ist ein wunderschöner Ahorn«, sagte Ralf ruhig.

Wunderschön war der Baum tatsächlich, allerdings hatte Ralf in letzter Zeit auch schon daran gedacht, den Baum fällen zu lassen. Er stand sehr nah am Haus und die Krone reichte bis an Bennys Kinderzimmerfenster.

»Alles ist gut. Ich lese dir noch eine von deinen Lieblingsgeschichten vor. Eine lustige.«

Ralf ging zum Regal und zog eines von Bennys Büchern heraus.

Er setzte sich auf die Bettkante, und begann zu lesen. Nach ein paar Minuten fielen Bennys Augen zu, und er fing an, gleichmäßig zu atmen.

Ralf war froh, dass es nicht so lange gedauert hatte. Er war selbst hundemüde und beim Vorlesen nicht ganz bei der Sache gewesen. Außerdem waren seine Gedanken andauernd abgeschweift. Wie hätte sein Sohn auch *keine* Angst haben und friedlich schlafen können? Erst vor einem halben Jahr war seine

Mutter gewaltsam gestorben, unter mysteriösen und bis heute ungeklärten Umständen.

Ralf löschte das Licht und schlich leise aus dem Zimmer. Er nahm die Treppe nach unten und blieb im Flur stehen. Ralf sah zu Boden. Hier hatte Susanne gelegen, mit dem Messer im Rücken. Als Ralf damals von der Junggesellenparty eines Arbeitskollegen zurückgekommen war, war seine Frau bereits tot gewesen. Benny hatte tief geschlafen und nichts gehört. Leider hatte auch sonst niemand in der Gegend etwas beobachtet, das den Ermittlern weitergeholfen hätte. Was sich damals hier abgespielt hatte, war vollkommen rätselhaft.

Natürlich hatte die Polizei sofort ihn verdächtigt. Aber sein Alibi war wasserdicht gewesen, und es gab keine DNA- oder sonstige Spuren, die auf ihn als Täter hingedeutet hätten. Es gab auch keine verwertbaren Fingerabdrücke oder sonstiges. Nach einigen Wochen Ermittlungsarbeit war Ralf schließlich aus dem Kreis der Verdächtigen entlassen worden.

Offiziell lief das Ermittlungsverfahren noch, aber er wusste, dass der Täter nie gefunden werden würde. Man vermutete, dass seine Frau leichtsinnig einem Nachbarn die Tür geöffnet hatte, hilfsbereit, wie sie immer gewesen war. Das war ihr wohl zum Verhängnis geworden.

Bei dem Gedanken, dass der Mörder immer noch in der Nachbarschaft unterwegs sein könnte, lief Ralf ein Schauer über den Rücken. Am liebsten wäre er mit Benny weit, weit weggezogen, um alles zu vergessen. Aber niemand wollte das Haus kaufen. Verdammte Krise!

Er schaltete den Fernseher ein. Ohne etwas Zerstreuung war an Schlaf nicht zu denken.

Ralf war gerade dabei einzunicken, als er aus Bennys Kinderzimmer ein Rumpeln und Schreie hörte. Er sprang so hastig die Treppe hinauf, dass er beinahe gestürzt wäre. Ralf riss die Tür auf, und sah, dass Benny die Bettdecke bis über den Kopf gezogen hatte.

»Papa, unterm Bett ist ein Monster! Verjag es, sofort!«

Reflexartig sah Ralf zum Fenster. Der Vorhang flatterte im Wind und zeigte ihm, dass das Fenster einen Spalt offen stand, obwohl er es vorhin zugemacht hatte. Ralf ließ sich sofort auf die Knie fallen und spähte unter das Bett. Er traute seinen Augen kaum, da kauerte tatsächlich etwas oder jemand unter Bennys Bett. Er konnte es jedoch nicht erkennen und robbte daher näher, um den Kopf unter das Bett zu stecken.

Dort lag Benny zusammengerollt und zitterte. »Ist es noch in meinem Bett, Papa?«

Ralf hörte ein satanisches Kichern über ihm und spürte einen Stich im Rücken. Er riss die Augen auf und versuchte aufzustehen, schlug sich aber den Hinterkopf an der Unterseite des Bettes an.

Ralf schrie auf.

»Was ist denn los, Papa?« Benny hatte sich im Bett aufgerichtet und rieb sich verschlafen die Augen.

Ralf lag neben Bennys Bett und sah sich orientierungslos im Zimmer um. Alles schien normal, das Fenster war geschlossen und Benny lag in seinem Bett, da wo er hingehörte. Unter dem Bett war niemand. Nach einem Moment der Verwirrung dämmerte Ralf, dass er beim Vorlesen auf der Bettkante eingeschlafen sein musste. Er musste zusammengesackt und auf dem Boden aufgeschlagen sein. Das gab sicher eine enorme Beule.

»Alles ist gut, kleiner Mann«, sagte Ralf sanft und küsste Benny auf die Stirn. »Träum schön.«

Ralf schlich vorsichtig aus Bennys Zimmer und seufzte. Er hatte eine Entscheidung treffen müssen, damals. Benny hatte erfahren, dass seine Mutter getötet worden war. Es war die ehrlichste Weise, damit umzugehen. Sein Sohn verstand bereits, was es bedeutete, tot zu sein. Tot und im Himmel. Hätte Ralf ihm eine andere Geschichte erzählt, wäre es früher oder später zu ernsten Problemen gekommen. Das bedeutete aber auch, dass Benny nun Angst vor einem Killer hatte. Aus Ralfs Sicht war es das geringere Übel gewesen. Womit Ralf aber nicht gerechnet hatte, war, dass er selbst nun keine Ruhe mehr fand, und hinter jeder Ecke einen Mörder lauern sah. Vielleicht war seine Idee doch nicht so gut gewesen.

Ralf ging nach unten, als er ein leises Kratzen und Klopfen an der Haustür hörte. Er zog eine Pistole aus seinem Sakko neben der Tür und öffnete die Tür vorsichtig einen Spalt.

Innerhalb eines Sekundenbruchteils wurden Ralfs Knie weich und er begann zu zittern. Als er sah, wer an der Tür stand, schossen Tränen aus seinen Augenwinkeln. Er steckte die Waffe weg und umarmte seine Frau leise schluchzend. Susanne weinte ebenfalls und presste ihn fest an sich.

Ralf zog seine Frau ins Haus und küsste sie lange. Dann wischte er seine Tränen weg. »Ich liebe Dich! Versprich mir, dass du nie wieder als verdeckte Ermittlerin undercover gehst, und dass wir jetzt woanders ein neues Leben anfangen.«

»Versprochen, das war mein letzter Auftrag, die ganze Bande ist jetzt hinter Gittern. Wie geht es Benny? Ich vermisse ihn so unendlich.« Susanne ging leise die Treppe nach oben.

»Der schläft friedlich.« Ralf zögerte. »Wir müssen ihm morgen nur erklären, dass manchmal eben doch Wunder geschehen können.«

Das offene Tor

Philip war schon oft am Tor der alten Villa vorbeigegangen. Das verfallene Anwesen lag am Ortseingang von *Okehampton*, und sein Schulweg führte ihn seit zwei Jahren direkt an der mit Efeu überwucherten Mauer entlang.

An diesem trüben Herbsttag jedoch war etwas anders als sonst. Phil betrachtete die rostigen Stäbe des Gartentors. Normalerweise hing am Tor ein dickes Vorhängeschloss an einer Eisenkette. Die Kette verband die beiden Flügel des Portals und hielt sie damit verschlossen. Aber das Schloss fehlte heute und eine Seite des Tores stand etwa 30 Zentimeter offen. Genug Platz, damit ein zwölfjähriger Junge einfach hindurchschlüpfen könnte.

Phil sah auf die Uhr. Er hatte noch etwas Zeit, bis die Schule anfing, und könnte sich kurz im Garten umsehen. Vielleicht gab es dort etwas Interessantes zu entdecken, was die früheren Bewohner des Herrenhauses vergessen hatten.

Kurzerhand schlüpfte Phil durch das Tor und schon stand er im Garten. Der Reiz des Verbotenen löste ein Kribbeln in seiner Magengegend aus. Seine Schulkameraden fänden ihn jetzt bestimmt unglaublich cool. Später in der Schule würde er ihnen stolz erzählen, was er alles entdeckt hatte, und das Herrenhaus »sein geheimes Anwesen« nennen.

In etwa 100 Metern Entfernung erkannte Phil die Villa auf einer leichten Anhöhe des riesigen Grundstücks. Phil konnte es sich nicht erklären, aber das Haus übte eine seltsame Anziehung auf ihn aus. Er machte einige vorsichtige Schritte durch das hohe Gras. Der Garten war komplett zugewuchert und die dürren Halme des Grases versperrten die Sicht auf den Boden. Er wollte auf keinen Fall in ein Loch treten. Ein verstauchter Knöchel war nämlich uncool.

Ein lautes Quietschen hinter ihm ließ Phil herumfahren. Er sah gerade noch, wie das Tor krachend zufiel. Phil traute seinen Augen kaum. Jetzt hing das Schloss mit der Eisenkette wieder am Tor und versperrte es. Er rannte zum Tor und rüttelte daran, aber er konnte es nicht mehr öffnen.

Phil zuckte zusammen. Was war das für ein Geräusch gewesen? Er drehte sich um und suchte den Garten nach einer möglichen Ursache dafür ab. Er sah, wie sich das hohe Gras in einiger Entfernung zu bewegen begann, so als ob etwas am Erdboden entlang lief oder kroch. Und was immer es war, es schien näher zu kommen. Ein Vibrieren, das mit den eigenartigen Bewegungen des Grases stärker zu werden schien, übertrug sich auf Phils Fußsohlen.

Phil drückte seinen Rücken gegen die Gitterstäbe des Tors und japste nach Luft. Wäre er bloß nicht in den Garten gegangen.

Er überlegte einen Moment, ob er nicht todesmutig durch das hohe Gras zum Haus flitzen sollte. Dort wäre er vielleicht sicher. Doch dann sah er, dass sich etwas auf der Veranda des Hauses befand. Es schien gerade aus dem Haus gekommen zu sein und wankte unkoordiniert herum. Phil schrie um Hilfe, als die Gestalt von der Veranda heruntertrat und direkt auf ihn zukam. Sie sah aus wie …

»Papa, das ist unrealistisch«, beschwerte sich Philip und verschränkte die Arme vor der Brust. Selbst die Teddybären auf Philips Pyjama schienen seinen Vater vorwurfsvoll anzusehen.

»Wieso unrealistisch?«, fragte sein Vater und legte das Manuskript zur Seite.

»Weil das Tor nicht von ganz alleine wieder verschlossen sein kann«, erklärte Philip. »Und weil aus dem Haus, das seit Ewigkeiten verlassen ist, doch nicht plötzlich ein ... was überhaupt herauskommen kann?«

»Hättest du mich nicht unterbrochen, dann wüsstest du, wer oder was auf der Veranda war.« Philips Vater schien beleidigt zu sein. »Das war nämlich eine Mumie.«

»Im Ernst? Eine Mumie? Papa! Wenn du sowas schreibst, dann ist schon klar, dass keiner deine Bücher kauft.« Philip rollte mit den Augen. »Und dann werde ich nie auf eine gute Uni gehen können und muss auch Schriftsteller werden.«

»Sehr komisch, junger Mann. Das mit der Mumie hab ich mir übrigens gut überlegt. Das Herrenhaus hat früher einem englischen Lord gehört, der die Mumie von einer Ägyptenexpedition mitgebracht hat. An dem Tag wurde sie durch die Anwesenheit eines entfernten Nachfahrens des Adeligen zum Leben erweckt.«

»Aha. Und der Junge ist also entfernt mit dem Lord verwandt?«

»Richtig geraten«, triumphierte Philips Vater.

»Wie entfernt denn? So entfernt, dass der Junge nichts von dem Anwesen wusste, obwohl er Tag für Tag daran vorbeilief? In den englischen Adelshäusern ist doch fast jeder mit jedem verwandt. Da hätte also schon früher jemand vorbeikommen müssen, der den Fluch ausgelöst hätte. Und sag jetzt bitte nicht, dass das Rascheln im Gras von Käfern verursacht wurde.

Das hättest du dann nämlich aus dem Kinofilm *Die Mumie* geklaut.«

Philips Vater schwieg.

»Wusste ich es doch«, kicherte Philip.

Sein Vater raufte sich die Haare. »Schon gut, du Naseweis. Ich habe noch eine andere Geschichte geschrieben. Darin geht es um einen bösen Zwilling, der im Keller eingesperrt ist. Sein Bruder ahnt nichts von dessen Existenz, doch eines Tages ...«

»Das ist sowas von Out«, unterbrach ihn Philip. »Das war nicht mal originell, als du noch jung warst.« Er sah seinen Vater an. »Hast du noch was dabei?«

Philips Vater nickte zögerlich. »Eine Riesenspinne, die im Schuppen einer Familie lebt. Wenn sie nicht jeden Tag mit mindestens einem Kaninchen gefüttert wird, dann ...«

»... geschieht ein fürchterliches Unglück. Alles klar.« Philip gähnte demonstrativ und deutete dann auf den Papierkorb neben seinem Schreibtisch.

Sein Vater knirschte hörbar mit den Zähnen und warf dann die Manuskripte in den Mülleimer. »Du schläfst jetzt besser. Ich hoffe, du träumst schlecht.«

Philip zog gespielt die Mundwinkel nach unten. »Das sag ich Mama!«

»Mach das. Aber ich werde alles abstreiten. Bis morgen früh, Sohnemann.« Er gab Philip einen Kuss auf die Stirn und schloss die Tür des Kinderzimmers hinter sich.

Philip blieb einen Moment regungslos liegen und sprang dann aus dem Bett. Er schnappte sich den Papierstapel und steckte ihn in den Schulranzen. Das würde er morgen auf seinem Blog und auf Facebook posten. Seine Klassenkameraden fanden *seine* Geschichten nämlich immer ultracool.

Alex seufzte tief. Sein Sohn Philip war der schärfste Kritiker, den man sich vorstellen konnte. Aber die Jugend von heute wusste, was In und was Out war, das konnte er nicht einfach ignorieren.

Er stapfte entmutigt zur Terrassentür hinaus und ging zum Schuppen. Vorher griff er noch in den Kaninchenstall nebenan und holte eines der Tiere heraus. Alex schlich vorsichtig in den Schuppen und schloss die Tür hinter sich. Er streckte das zappelnde Kaninchen durch die hölzernen Gitterstäbe eines großen Käfigs und einen Moment später wurde es ihm von einem Paar Mandibel aus der Hand gerissen. Alex kniff die Augen zusammen. Das war wirklich kein schöner Anblick, wie die Fellfetzen und Knochensplitter durch die Luft flogen.

Eine Minute später war wieder alles ruhig. Er vergewisserte sich, dass der Schuppen sicher versperrt war, und ging mit einem langgezogenen Gähnen zurück zum Haus. Es war ein langer, anstrengender Tag gewesen.

Alex schlug sich mit der flachen Hand auf die Stirn. Beinahe hätte er es vergessen! Er ging zurück und holte ein weiteres Karnickel aus dem Verschlag. Bevor Alex schlafen gehen konnte, musste er noch im Keller nach dem Rechten sehen.

Hundesohn

W olfgang riss ungeduldig den braunen Umschlag auf. »Das hat ja ewig gedauert«, murmelte er und blätterte hastig durch das Anschreiben und eine Reihe von Ausdrucken.

Auf der letzten Seite fand er, was er suchte.

»… freuen wir uns, Ihnen hiermit mitteilen zu können, dass Sie 100%ig als Vater ausgeschlossen werden können«, las Wolfgang fassungslos.

Was waren das für Arschlöcher? Die freuten sich, wenn sie einem das mitteilen konnten? Wolfgangs Kopf lief rot an.

Was dachten die sich dabei? Das machte denen wahrscheinlich Spaß, verunsicherten Ehemännern den Tag, wenn nicht das Leben zu versauen.

Na gut, das osteuropäische DNA-Labor war billig. Und nebenbei nahmen sie es mit der Einverständniserklärung für den Vaterschaftstest nicht so genau. Deutschland machte hier seinem Namen als Nation der Bürokraten alle Ehre. Von allen Beteiligten musste das schriftliche Einverständnis für so einen Test vorliegen.

Wolfgang schnaubte. Wo kämen wir denn da hin? Wenn er als Vater nicht einmal wissen durfte, ob der Bengel im Kinderzimmer seiner war.

Und er hatte ja wohl recht gehabt. Es war nicht seiner.

Von Anfang an war Wolfgang skeptisch gewesen. Bastian war einfach zu intelligent. Von ihm konnte er das nicht haben. Der Junge war regelrecht hochbegabt. Und weder er noch Lydia hatten viel im Kopf, wie sich Wolfgang häufig eingestehen musste. Mangelnde Einsicht gehörte zumindest nicht zu seinen Schwächen.

Jetzt brauchte er etwas zu trinken. Er schnappte sich eine Bierflasche aus dem Kühlschrank, öffnete sie und nahm einen tiefen Zug. Das Bier kühlte sein Gemüt etwas ab und er ging zum Kinderzimmer.

Da war er, Bastian. Sein Sohn, pah, ehemaliger Sohn, saß am Schreibtisch und las. Wie immer, der Streber, als ob man bereits in der 5. Klasse viel lesen sollte.

Wolfgang beäugte den Hinterkopf des Jungen skeptisch. Die Form von Bastians Kopf war Wolfgang immer schon verdächtig vorgekommen. Der Hinterkopf sah ganz anders aus als sein eigener. Na gut, er sah sich selten von hinten, aber dieser ausladende Schädel wurde eben nur gebraucht, wenn auch ein Hirn drin war.

Eigentlich mochte er den Jungen. Er hatte ihn noch ein wenig lieber gemocht, als er dachte, es wäre sein Sohn. Aber früher oder später hätte der Unterschied in den geistigen Fähigkeiten zu großem Krach geführt. Der Junge würde sicher studieren wollen. Absurd.

Wolfgang lächelte. Ein einziges Mal war es ihm aber gelungen, seinen Sohn auszutricksen. Er hatte ja eine DNA-Probe für den Test gebraucht. Stand alles in der kurzen, aber gut verständlichen Anleitung.

Wolfgang wollte natürlich nicht, dass Bastian misstrauisch wurde. Und noch weniger wollte er, dass Lydia misstrauisch wurde. Die Diskussion zu führen, ob er einen Beweis für seine Vaterschaft brauchte oder nicht, wollte er nur sehr ungern während seines Fernsehfußballabends führen.

Da hatte Wolfgang die Idee gehabt, einen Lolli zu benutzen, um eine Probe von Bastians Mundschleimhaut zu gewinnen. Er hatte das übriggebliebene Pappröhrchen des Lutschers einfach in die Verpackung gelegt und an das Labor geschickt. Darauf war er heute noch stolz.

Aber jetzt hatte er den Salat. Der Junge war nicht seiner. Was sollte er nun mit ihm anfangen? Aus dem Haus werfen? Irgendwie war er ihm ans Herz gewachsen. Er konnte also bleiben. Aber der Bursche sollte arbeiten gehen, so früh es ging, und ihm alles zurückzahlen, was Wolfgang die ersten elf Jahre seines Lebens in ihn hineingesteckt hatte. Durfte man nicht zusammenrechnen die Summe, da wurde es einem schwarz vor Augen. Studium konnte sich der Bengel abschminken.

Während Wolfgang sein Bier trank und darüber brütete, wie er weiter vorgehen sollte, drehte sich Bastian zu ihm um.

»Prost, Papa!«, sagte Bastian fröhlich.

»Danke, mein So…, äh, Bastian.«

»Was hast du da in der Hand?«

Wolfgang sah auf die Flasche. »Bier«

Bastian lachte. »Nicht in der. In der anderen!«

Wolfgang hielt noch immer den Umschlag mit den Ergebnissen des Labors in der Hand.

»Nicht so wichtig.«

»Na gut. War ja nur neugierig«, flötete Bastian.

»Das würdest du in deinem Alter ohnehin nicht kapieren.« Wolfgang nahm einen Schluck und drehte sich weg. Dabei fiel ein Blatt aus dem Umschlag und segelte Bastian direkt vor die Füße.

Ehe Wolfgang auch nur einen Schritt tun konnte, schnappte sich sein Sohn das Blatt. Nach einem Moment fing er an, über das ganze Gesicht zu grinsen.

Wolfgang riss ihm das Blatt aus der Hand. »Was grinst du denn so blöd?«

»Nur so. Ich finde es gut, dass du nicht der Vater von Hasso bist.« Bastian zeigte auf den Labrador Retriever, der seelenruhig unter seinem Schreibtisch schlief und auf den Teppich sabberte.

»Was? Wie meinst du das? Dir bekommen die Schulbücher wohl nicht.«

»Da auf dem Zettel steht es doch. Untersuchte Spezies: *Canis lupus familiaris*. Das ist der zoologische Begriff für Haushund.«

Wolfgang ließ die Bierflasche auf den Boden fallen und sah sich den Bericht noch einmal an. Und tatsächlich. Unter dem Satz, dass er nicht der Vater sein konnte, hatte das Labor vermerkt, dass die zweite Probe nicht von einem Menschen stammte, sondern von einem Hund.« Wolfgangs Kinnlade klappte nach unten.

Bastian knuddelte seinen Hund. »Hasso schnappt sich immer meine Lutscher, wenn ich sie nicht esse. Sind ohnehin schlecht für meine Zähne. Und so kam wohl seine DNA in das Tütchen für den Test.«

Das war zu viel für Wolfgang und er musste sich setzen.

»Nimm es leicht, Papa. Das bedeutet nur, dass du das Geld für den Test zum Fenster hinausgeworfen hast. Aber ich kann immer noch dein Sohn sein.«

»Woher...?«

»Woher ich das weiß?« Bastian winkte ab. »Mama sieht sich regelmäßig den Verlauf des Internetbrowsers auf deinem Laptop an. War ziemlich offensichtlich, dass du nach Vaterschaftstests gesucht hast.«

Wolfgang war fassungs- und beinahe sprachlos. »Ihr geht an meinen Laptop? Aber der ist mit einem Passwort geschützt!«

Bastian nickte. »123Bier. Sowas benutzt du als Passwort? Echt? Das rufst du jeden Abend, während du im Fernsehsessel sitzt. Keine Herausforderung.«

»123Bier«, murmelte Wolfgang.

»Weil wir uns schon gedacht haben, dass du immer noch wissen willst, ob du mein Vater bist, haben wir den Test noch einmal richtig gemacht und eingeschickt. Mit Mamas DNA, Haaren von dir aus der Bürste und einer echten Probe von mir. Das Ergebnis müsste auch heute oder morgen ankommen.«

Auf Wolfgangs Gesicht deutete sich ein Lächeln an.

Bastian erwiderte es. »Mama hatte noch eine lustige Idee. Als Kontrolle hat sie auch eine Probe von meinem Klassenkameraden Julius Müller von gegenüber genommen. Nur um zu sehen, ob der Test einwandfrei funktioniert.«

Das Lächeln auf Wolfgangs Gesicht verflog.

Kaminzimmer

Blutige Weihnachten

Sue stapfte in etwas Abstand verdrossen hinter ihrer Mutter her. Der Wind pfiff kalt um ihre Ohren und sie zog die Wollmütze tiefer in ihr Gesicht. Mit angezogenen Schultern und den Händen in ihrem kleinen, zerrissenen Mantel, sah sie in den Nachthimmel von Chicago. »Papa, wo bist du? Du hast mir versprochen, dass du immer auf uns aufpasst. Aber wahrscheinlich ist es von da oben schwirig …«

Eine Schneeflocke traf Sues rechtes Auge. Sie schüttelte sich und blieb stehen.

Ihre Mutter drehte sich zu ihr um. »Komm schon, Sue! Wo bleibst du denn?«

»Mir ist kalt, Mama. Ich bin müde«, antwortete Sue traurig und mürrisch zugleich.

»Ich weiß, mein Schatz. Mir ist auch kalt. Aber wir müssen noch mindestens einen Häuserblock abgehen. Was wir bis jetzt gesammelt haben, bringt uns nicht über die Feiertage.« Sues Mutter sah auf die beiden Plastiktüten in ihren Händen.

Sue wusste, was darin war. Ein paar Orangen, zwei Gurken, eine halbvolle Schachtel Cornflakes, Schokolade, Walnüsse und eine Packung Toastbrot. Das war nicht genug, damit sie die nächsten Tage nicht hungerten. Die Leute warfen nicht mehr genug brauchbare Nahrungsmittel weg und die Suppenküchen hatten zu Weihnachten klare Regeln, wie oft man dort essen durfte.

Sue beeilte sich, zu ihrer Mutter aufzuschließen.

Diese sah sich in der Straße um. »Hier waren wir noch nicht. Wer in diesem Block am meisten findet, darf entscheiden, was wir uns heute davon zu essen machen«, versuchte Sues Mutter die Achtjährige zu motivieren.

Sue rollte mit den Augen und nickte.

Sie durchsuchten die Tonnen der Hinterhöfe sowie leere Kartons und Kisten, die sich neben dem alten Ziegelbau stapelten. Es fand sich tatsächlich das eine oder andere brauchbare Lebensmittel.

Sue sah sich um. Es war inzwischen still auf den Straßen geworden und nur gelegentlich fuhr an einer der Kreuzungen in Sichtweite ein Auto vorbei. Sue fiel auf, dass sie in dieser Gegend noch nie zuvor gewesen waren. Einen Block weiter befand sich ein verlassenes Industriegebiet. »Es ist unheimlich hier«, sagte sie leise.

»Ja, es ist schon spät. Wir machen uns jetzt auf den Heimweg«, erwiderte Sues Mutter. »Auf dem Rückweg machen wir noch einen Abstecher in die Seitenstraße dort vorne. Ich glaube, dort ist etwas zu holen.«

Noch bevor Sue etwas sagen konnte, ging ihre Mutter zielstrebig los.

Sue hatte Mühe mitzuhalten und mit einem Mal rutschte sie auf dem tief verschneiten Gehweg aus. Sie landete an der Ecke zu einem Hinterhof unsanft auf ihrem Hintern. Als sie sich aufrappelte, bemerkte sie im Augenwinkel eine Bewegung an einer spärlich beleuchteten Hauswand, die zu einer stillgelegten Fabrik zu gehören schien. Aus einer der Türen kam eine stämmige Gestalt im Weihnachtsmannkostüm, die einen Sack vor sich hertrug.

Sue sah der Gestalt fasziniert zu, die mit dem schweren Sack kämpfte und ihn nicht richtig greifen konnte. Er schien zu voll zu sein.

Schließlich stellte der Weihnachtsmann den Sack vor sich auf den Boden.

Er kratzte sich an seinem Bart, schnaufte und stieß die Tür, aus der er gekommen war, erneut auf. Er zog einige Dinge aus dem Sack, um sie dann in das Haus zu werfen.

Sue traute ihren Augen kaum, als sie sah, was der Mann in das Haus warf. Es war eindeutig ein menschliches Bein. Sue konnte erkennen, dass Blut darauf war, genau wie auf den Händen des Mannes. Ihr Herz fing an zu rasen. Ihre Mutter hatte ihr erzählt, dass in dieser Gegend Menschen verschwanden und sie vorsichtig sein müssten. Der Weihnachtsmann trat mit seinem erleichterten Sack in den Hinterhof und richtete seinen Blick auf die Straße.

In dem Moment trafen sich ihre Blicke.

Sue fing an zu schreien. »Maaaamaaaa! Hilfe! Ich will nicht in den Sack …«

Ihre Mutter war zu weit weg, um sie hören zu können. Auch sonst war niemand auf der Straße, der sie hätte beschützen können. Also rannte sie einfach los.

Trotz des pfeifenden Windes konnte Sue hinter sich die schweren Schritte des Weihnachtsmanns hören.

Sue fiel ein Stein vom Herzen, als sie in einiger Entfernung ihre Mutter auf der Straße gehen sah. Ihre Mutter drehte sich um und die beiden rannten aufeinander zu, während Sue weiter um Hilfe schrie.

Etwa 15 Meter, bevor Sue sich in die Arme ihrer Mutter flüchten konnte, rutschte diese auf dem Schnee aus, stolperte und schlug mit dem Kopf an einen Hydranten.

»Neiiiiin! Mama!« Sue schrie wie am Spieß, als sie die letzten Meter zu ihrer Mutter rutschte, die regungslos am Boden lag. Aus einer Platzwunde an ihrer Schläfe lief Blut.

Sue schüttelte ihre Mutter, aber bereits im nächsten Moment wurde sie am Kragen ihres Mantels gepackt und zur Seite gezogen. Der Mann im Weihnachtsmannkostüm hielt sie fest, während er den Kopf ihrer Mutter mit seinen blutverschmierten Händen streichelte.

Der Mann drehte sich zu Sue. »Ihr zwei allein in dieser gefährlichen Gegend?«

Er packte Sue mit der Linken und warf sich mit der anderen Hand Sues Mutter über die Schulter, beinahe als wäre sie eine Puppe.

Sue schrie weiter, als sie der Weihnachtsmann durch den Schnee hinter sich herzog. Er ging mit großen Schritten zu der Fabrikhalle, vor der ihn Sue zuerst entdeckt hatte.

Weit und breit war niemand auf der Straße zu sehen und Sues Schreie wurden immer leiser, je erschöpfter sie wurde.

Der Mann trat mit seinen Stiefeln die Tür zur Fabrikhalle auf.

Die Tür fiel hinter ihnen ins Schloss und der Weihnachtsmann legte Sues Mutter auf dem Boden ab. Dann holte er seinen Sack von draußen, sperrte die Tür zu und schaltete das Licht ein.

Sue fand, dass es in der Halle erstaunlich warm war. Ein Kamin, in dem ein kräftiges Holzfeuer loderte, verströmte Wärme und Behaglichkeit.

Neonröhren erhellten den Raum, der sicher 300 Quadratmeter groß war. Überall standen Schränke und andere Möbelstücke herum. Sue sah, dass in ein paar Metern

Entfernung ein blutverschmiertes Bein lag, traute sich aber nicht, genau hinzusehen.

Am Rand der Halle erkannte Sue eine Küchenzeile, ein Sofa und einen Tisch mit ein paar Stühlen.

Nachdem der Mann Sues Mutter auf das Sofa gelegt hatte, lief Sue sofort zu ihr und klammerte sich an sie. Erleichterung durchflutete sie, als sie spürte, dass ihre Mutter atmete. Einen Moment später machte sie sich aber wieder die Situation bewusst, in der sie sich befanden. Eingesperrt mit einem Mörder im Weihnachtsmannkostüm. Auf welche Weise er sie wohl umbringen würde? Sue wurde schlecht und dicke Tränen rollten ihre Wangen hinunter.

Der Mann kam mit einem blitzenden Messer in der Hand auf Sue zu. Er hatte es aus der Küchenzeile geholt.

Sue fing wieder an, um Hilfe zu schreien. Als er bei Sues Mutter war, öffnete er deren Mantel etwas. Sue zerrte am Ärmel des Weihnachtsmannkostüms. »Lassen Sie meine Mutter in Ruhe! Bitte, bitte!«

Der Mann sah sie an. Sue konnte hinter dem Kostümbart kaum seine Nase und Augen erkennen. »Halt das!« Er gab Sue eine Mullbinde in die Hand, von der er mit dem Messer einige Streifen abschnitt. Er verband sich zuerst seine rechte Hand, die stark blutete. Danach schnitt er einen Streifen ab und legte Sues Mutter einen Verband am Kopf an, der ihre Platzwunde abdeckte.

»Was machen Sie da?«, fragte Sue. »Wenn Sie uns umbringen wollen, müssen Sie meine Mutter nicht vorher verbinden.«

»Umbringen? Wer behauptet sowas?« Der Mann zog sich die Mütze vom Kopf und legte den Bart ab.

»Ich weiß, was Sie tun. In Ihrem Sack haben Sie eine Leiche transportiert. Da drüben liegt ein Bein«, stotterte Sue. Sie zeigte zu der Stelle, an der das Körperteil lag.

Der Mann lachte. »Das sind Schaufensterpuppen. Ich bekomme alte oder kaputte Puppen von Kaufhäusern, restauriere sie und verkaufe sie. Das ist ein gutes Geschäft, wenn es mit dem Restaurieren von Möbeln gerade mal nicht läuft. Ich bekomme die Puppen meistens umsonst, wenn ich in den Kaufhäusern in der Adventszeit den Weihnachtsmann spiele.«

Sues Mund stand offen. »Ist das wahr?«

»Ja, das ist es.« Der Mann sah auf seine verbundene Hand. »Und das Blut an den Puppen stammt von mir. Ich habe mich vorhin mit dem Stemmeisen geschnitten, als ich eine Schranktür reparieren wollte.« Er sah zu Sues Mutter, die allmählich zu erwachen schien. Besorgt prüfte er, ob die Blutung an ihrem Kopf aufgehört hatte. »Mein Name ist übrigens James. Wie heißt du denn?«

»Sue. Und das ist meine Mutter Lindsey.«

»Das sind schöne Namen. Was macht ihr nachts in dieser Gegend? Es ist verdammt gefährlich hier. Das Territorium gehört einer Gang. Ich habe mich mit denen arrangiert, aber Fremde mögen sie überhaupt nicht. Die hätten euch einfach kaltgemacht und in den Lake Michigan geworfen.«

Sue erzählte James alles. Dass ihr Vater vor drei Jahren gestorben war und dass ihre Mutter keinen Job in der Automobilbranche mehr finden konnte. Und dass es seitdem sehr hart für sie gewesen war.

»Ich habe vor vielen Jahren auch in einer Autofabrik gearbeitet. Bevor alles den Bach runterging. Bin arbeitslos geworden und meine Frau hat mich verlassen.« James seufzte.

»Aber ich hab mich darauf besonnen, was ich kann. Ich bin gelernter Schreiner und mit dem Restaurieren von Möbeln und Schaufensterpuppen komme ich inzwischen gut über die Runden. Ich liebe es, mit dem Holz zu arbeiten.« Seine Augen begannen zu leuchten. »Und genug Platz habe ich hier auch.«

Er stand auf und ging zur Küchenzeile hinüber. »Ich mache uns Tee und belegte Brote. Deine Mutter wird Hunger haben, wenn sie aufwacht.«

Sue sah sich um. Es roch nach Holz, und obwohl es eine Fabrikhalle war, verströmte der Ort auf eine seltsame Art Geborgenheit.

Sues Mutter schlug die Augen auf. Es dauerte einen Moment, bis sie Sue neben sich entdeckte. »Bin ich froh dich zu sehen. Wie geht's dir, meine Kleine? Wo sind wir?«

»Das erzähle ich dir nachher. Ruh dich aus, du hast dir den Kopf gestoßen. Wir haben uns Sorgen um dich gemacht.«

»Wir?«

James kam mit einer Tasse Tee zurück, die er neben dem Sofa abstellte. Er sah in die braunen Augen von Sues Mutter und sie sah in seine.

Sue lächelte. »Ich glaube, das wird seit langem wieder einmal ein schönes Weihnachtsfest.«

Drambuie

Finlay schwenkte versonnen das Glas *Drambuie* und betrachtete die Schlieren, die der Likör im Glas zog. Es war nicht so, dass er *Drambuie* besonders gerne trank. Eigentlich war ein Islay Single Malt Whisky mehr nach seinem Geschmack. Er konnte darin nicht nur das Meer, Torf, Rauch und Teer schmecken, sondern Schottland selbst. Er schmeckte die Seele des Landes, die dem Clan der Macarrans seit unzähligen Generationen die Heimat war.

Aber *Drambuie* war nun einmal das Lieblingsgetränk seiner geliebten Frau gewesen, und er hatte sich das Glas in ihrem Andenken eingeschenkt. Für diesen besonderen Tag hatte er sich auch sein bestes Leinenhemd angezogen, seinen Bart gezähmt und einen sauberen Kilt angelegt. Eigentlich brauchte er keinen Gedenktag wie heute. Er dachte jeden Tag an sie. Aber er hatte doch einen Jahrestag etabliert. Er feierte nicht den Todestag seiner Frau. Er ignorierte ihn sogar. Es gab nichts, woran er an diesem Tag erinnert werden wollte. Nicht an den Lastwagen, der Kates Auto von der Straße gedrängt hatte, nicht an Kates kalte Hand, die er im Krankenhaus in Inverness gehalten hatte, oder ihr schneeweißes Gesicht. Stattdessen feierte er jedes Jahr ihren Geburtstag, auch ohne dass sie physisch bei ihm war.

Finlay hob das Glas und leerte es.

Das Kaminfeuer prasselte und er legte ein weiteres Holzscheit nach.

Er fuhr herum, als er ein Geräusch hörte.

»Ach du bist es, Roya. Du hast mich fast zu Tode erschreckt, weißt du das? Du warst wieder draußen an den Klippen unterwegs, oder?«

Roya lächelte Finlay an. »Tut mir leid. Wollte dich nicht erschrecken.«

»Komm her, setz dich zu mir ans Feuer. Dir muss kalt sein.« Finlay klopfte mit der flachen Hand auf die Armlehne seines Sessels.

Roya nahm darauf Platz und streckte ihre nackten Füße zum Feuer. Sie war barfuß und trug nur ein weißes Leinenhemd, das ihr bis zu den Knien reichte.

»Du bist verrückt, so spät noch an die Klippen zu gehen. Noch dazu in dem Aufzug.« Er deutete auf ihr dünnes Kleid.

Finlay wollte nicht zu streng mit ihr sein, in Wirklichkeit bewunderte er sie. Roya war eine Tochter der Highlands durch und durch. Sicher gab es nirgendwo anders auf der Welt ein elfjähriges Mädchen, das sich bei Wind und Wetter in der Dämmerung in die Highlands wagte. Sie war eine wahre Macarran, auf die die Urväter seines Clans stolz sein konnten.

»Kein Problem«, riss Roya ihn aus seinen Gedanken. »Ich finde mich blind in der Umgebung zurecht und ich mag es, wenn starke Winde über das Moor blasen. Dann fühle ich mich richtig lebendig.«

Finlay lächelte. »Ich weiß. Aber wärm dich doch besser etwas auf.« Er zog eine Decke aus einer Kiste hervor und hielt sie ihr hin.

»Brauche ich nicht. Das Feuer reicht doch. Die Flammen sind wunderschön.«

Finlay zuckte die Schultern. »Gut, wie du meinst. Auch keinen heißen Honig?« Er deutete auf den Wasserkessel, der am Kaminfeuer hing, und einen Keramiktopf mit Honig daneben.

Roya winkte ab.

»Na gut, aber ich genehmige mir jetzt noch einen *Lagavulin*.« Finlay schenkte sich einen großen Schluck ein und nippte daran. Die Süße des winzigen *Drambuie*-Restes in seinem Glas vermischte sich mit dem salzigen Torfaroma des Islay-Whiskys. Finlay schmunzelte. Die sogenannten Whiskykenner würden angewidert ihr Gesicht verziehen. Aber es ging bei Whisky nicht darum, eine piekfeine Etikette einzuhalten. Es ging um seine Seele, und die spürte er gerade mehr als deutlich. Wie wundervoll wäre es, wenn Kate den Moment jetzt mit ihm genießen könnte.

»Du vermisst sie immer noch, oder?«, fragte Roya zögerlich.

Finlay sah ins Feuer und nickte. »Unendlich. Und ich bin einsam«, antwortete er nach einer Weile. »Heutzutage will doch keine Frau mehr an der Hebriden-Küste leben. Zumindest keine, die man als Frau erkennen kann.«

Roya verschränkte die Arme vor der Brust. »Du hast doch mich.«

»Natürlich habe ich dich, meine Kleine! Aber das ist etwas anderes. Etwas ganz anderes.«

»Hm, verstehe«, sagte Roya und seufzte. Sie deutete auf den Zweihänder, der über dem Kamin hing. »Das Schwert der Macarrans. Wie lange hast du es schon nicht mehr gehalten?«

Finlay legte seine Stirn in Falten. »Schon lange nicht mehr, aber warum sollte ich auch?«

»Du hast mir einmal erzählt, dass das Schicksal unseres Clans an das Schwert gebunden ist.«

»Das habe ich gesagt. Und so ist es.« Finlay stand auf und berührte die Klinge. Solange das Claymore der Macarrans von einem Clanmitglied gehalten wird, gibt es Hoffnung, hatte sein Vater immer gesagt. Und der hatte es von seinem Vater zu hören bekommen. Und der wiederum von seinem. Und so weiter.

Nur war das heute nicht mehr so einfach.

»Kämpfe werden heute nicht mit dem Schwert ausgetragen«, sagte Finlay leise. »Und selbst vor 500 Jahren konnte man nicht jedes Problem mit einer Klinge aus der Welt schaffen.«

Roya hüpfte von der Armlehne. »Man muss nicht immer mit einem Schwert kämpfen. Nimm es in die Hand.«

Finlay zögerte. »Aber was soll ich damit?«

»Bitte!«

Mit einem tiefen Seufzer holte Finlay das Claymore aus seiner Halterung und packte es mit beiden Händen. »Zufrieden?« Er ließ sich in den Sessel fallen und legte das Schwert über seine Beine. Dann goss er sich einen weiteren Schluck Whisky ein.

»Ja, zufrieden.« Roya lachte. »Und jetzt muss ich wieder raus.«

»Was? Jetzt noch? Es regnet und ist dunkel. Von der Kälte und dem Wind ganz abgesehen.« Finlay schüttelte den Kopf. »Ich sorge mich zu Tode um dich!«

»Das musst du nicht.« Roya machte einen kleinen Knicks und verschwand durch die Tür in die Nacht.

Finlay sah ihr nach und überlegte einen Moment, ob er ihr folgen sollte. Doch dann gewann der Whisky in der Hand, und wenig später fielen seine Augen zu und der Schlaf übermannte ihn.

»Aufwachen! Du musst aufwachen!«

Finlay schlug die Augen auf und sah, wie Roya vor ihm auf und ab hüpfte.

»Komm mit«, bat sie ihn.

»Wohin?«, fragte Finlay benommen und gähnte.

»Schnell, sonst ist es zu spät. Und nimm das Schwert mit.«

Finlay tippte sich an die Stirn. »Du bist verrückt. Es ist mitten in der Nacht. Und draußen ist bestimmt kein Heer von Engländern, das ich bekämpfen müsste.«

»Vertrau mir«, sagte Roya und verschwand durch die Tür in die Dunkelheit.

Finlay stieß ein paar gälische Flüche aus und war froh, dass das Mädchen diese nicht mehr gehört hatte.

Er warf sich einen Mantel über, packte das Claymore und öffnete die Tür. Der Wind blies ihm feinen Sprühnebel ins Gesicht und es dauerte eine Minute, bis sich seine Augen so weit an die Dunkelheit gewöhnt hatten, bis er Roya in einiger Entfernung erkennen konnte.

Mit großen Schritten stapfte er ihr hinterher. Roya schien genau zu wissen, wohin sie wollte. Aber er musste aufpassen, denn obwohl er auch hier aufgewachsen war, kannte er die Felsen und Löcher im Moor längst nicht so gut wie sie. Ganz abgesehen davon, dass sie wahre Luchsaugen zu haben schien.

»Wohin gehst du?«, rief er ihr hinterher.

»Wir sind gleich da.«

Mit einem Mal hörte Finlay einen Schrei. Er dachte zuerst, dass es nur der Wind war, aber dann hörte er es erneut. Es war ein Hilferuf. Er kam von irgendwo auf der Schafweide. Roya schien ebenfalls den Rufen zu folgen. An einem Hügel blieb sie schließlich stehen und sah nach unten.

Finlay schloss zu ihr auf und entdeckte, was Roya gefunden hatte. In einem tiefen Loch auf der Weide lag eine Frau, die verängstigt zu ihnen nach oben sah. Sie zitterte sichtbar vor Kälte.

Sie musste sich verirrt haben und hineingestürzt sein. Das Loch war nicht besonders tief, höchstens zwei bis drei Meter, aber die Wände des Lochs waren zu nass und instabil, um nach oben zu klettern.

»Ich hole Sie da heraus. Wie heißen Sie?«, rief Finlay der Frau zu.

Ein leises »Diana« drang zu ihm hinauf, für mehr schien sie zu entkräftet zu sein.

»Du kannst mir nicht zufällig dabei helfen, sie zu retten?«, fragte Finlay Roya.

»Ich? Ich bin elf, schon vergessen?«

»Schon gut.« Finlay überlegte einen Moment, dann sprang er in das Loch hinab und landete direkt neben Diana.

Er steckte den Zweihänder auf seiner Kopfhöhe in die Seitenwand des Lochs und schob die Waffe, so tief er konnte, in die frische Erde, bis nur noch der Griff herausragte.

Dann nahm er Diana auf die Schultern und hob sie auf den Griff des Schwerts. Danach genügte ein kleiner Schubs an ihren Fußsohlen, damit sie ihren Oberkörper aus dem Loch auf die Wiese legen konnte.

Mit dem Schwertgriff als Kletterhilfe gelang es auch Finlay, sich aus dem Loch zu befreien. Nur das Schwert würde er morgen bei Tageslicht holen müssen, an das kam er so nicht mehr heran.

Finlay warf Diana seinen Mantel über und hob sie hoch.

Mal sehen, ob er sie bis nach Hause tragen konnte.

»Ich gehe voraus«, schlug Roya Finlay vor, »sonst stürzt ihr noch in ein anderes Loch.«

Am Kaminfeuer auf Burg Macarran angekommen, setzte er Diana in seinen Sessel und wickelte die Decke um sie, die Roya zuvor abgelehnt hatte.

Diana zitterte wie verrückt, schien sich aber nach und nach zu erholen.

Finlay betrachtete sie näher und stellte fest, dass die junge Frau ausgesprochen hübsch war. Die Nacht, der Regen und die Erde, die Gesicht und Haaren bedeckten, hatten das zuvor nicht vermuten lassen. Außerdem war er mehr mit ihrer und seiner Rettung beschäftigt gewesen, als auf ihr Äußeres zu achten.

Er setzte sich auf den Boden neben ihr, bis es ihr besser zu gehen schien.

»Danke! Ich bin Ihnen unendlich dankbar ...«, sagte Diana langsam.

»Finlay.«

»Vielen Dank, dass Sie mich gerettet haben, Finlay.« Diana steckte ihre Hand ein Stück aus der Decke hervor und Finlay schüttelte sie vorsichtig.

»Keine Ursache. Was haben Sie denn mitten in der Nacht auf der Weide gemacht?«

Diana schüttelte sich. »Ich bin mit einer deutschen Reisegruppe unterwegs. Wir haben einen Ausflug mit dem Bus an die Küste gemacht, aber irgendwie war den anderen in der Gruppe das Wetter zu schlecht. Sie sind schon früher zum Bus zurück. Aber ich wollte den Wind und die Landschaft genießen, das ist es doch, was Schottland ausmacht, oder?«

Finlays Kinnlade klappte leicht nach unten. »Ja, ist es.«

»Und dann habe ich mich verirrt. Und in der Reisegruppe vermisste mich wohl niemand. Ich war allen lästig, weil es mir nicht genügt hat, nur ein paar Burgen anzuschauen und zu fotografieren, sondern ich das Land wirklich kennenlernen wollte.«

Finlay lächelte sanft. »Ihr nächtlicher Ausflug scheint mir eine außergewöhnliche Gelegenheit geboten zu haben, Land und Leute kennenzulernen.«

Diana lachte heiser. »Stimmt. Aber wie haben Sie mich überhaupt gefunden?«

»Roya hat mir den Weg gezeigt. Sie war vorhin auch an der Grube, in der sie gestürzt sind.«

»Roya? Dort war niemand außer Ihnen!«

Finlay nickte heftig. »Ja, natürlich. Da war sonst niemand.« Er hatte sich schon gefragt, warum ihm Roya, die früh verstorbene Schwester seines Großvaters, seit einiger Zeit Gesellschaft leistete. Sein Vater hatte sie immer als den guten Geist des Clans der Macarrans bezeichnet. Für Finlay war sie beinahe so etwas wie eine Tochter geworden.

Finlay sah sich um, konnte Roya aber nicht entdecken. Es schien, als hätte sie eine Aufgabe gehabt, die jetzt erfüllt war.

»Ist alles in Ordnung mit Ihnen?«, unterbracht Diana Finlays Gedanken.

»Alles in Ordnung. Darf ich Ihnen etwas zu trinken anbieten?«

Diana sah Finlay in die Augen. »Ich glaube, ein ordentlicher Hebriden-Whisky wäre jetzt genau das Richtige. Oder ein *Drambuie*, wenn Sie einen haben.«

Wohnzimmer

Fuck You

Die Nachmittagssonne schien durch die Fensterfront auf Toms Wange. Tom lag regungslos auf der Couch im weitläufigen Wohnbereich. Um ihn herum auf dem Boden und dem Couchtisch lagen mehrere leere Whiskyflaschen und Pizzakartons verstreut.

Nach und nach kam Leben in Toms Körper und er rieb sich verschlafen das Gesicht. Sein Kopf pochte. Das musste ein verdammt langer Abend gewesen sein.

Es dauerte eine Weile, bis sich Tom von der Couch erhob und Richtung Bad torkelte. Auf dem Weg dorthin begutachtete er das Schlachtfeld in seiner Wohnung. Die Erinnerung an den gestrigen Abend und die Nacht kehrte langsam zurück. Seine beiden Kumpels Richard und Jonas waren mit Pizzas, Cola und viel Whisky bei ihm aufgeschlagen. Wie es aussah, war davon nichts übrig. Rich und Jon waren seine ältesten Freunde. Eine Zeitlang war Tom nicht sicher gewesen, ob sie noch seine Freunde sein wollten, da sie ihn mieden. Schließlich hatten sie sich aber vor kurzem bei ihm gemeldet, worauf sie ein paar Mal etwas zu dritt unternommen hatten. Für gestern war der Plan gewesen, bei ihm zu Hause vorzuglühen und später durch die Bars zu ziehen. So weit war es offenbar nicht mehr gekommen.

Tom hatte keine Ahnung, wann die beiden gegangen waren. Er konnte sich nicht daran erinnern.

Im Bad wusch er sich mit eiskaltem Wasser das Gesicht. Sein Kopf hämmerte so sehr, dass er sich fast ins Waschbecken übergeben musste. Nie wieder würde er einen Tropfen Whisky anrühren. Zumindest nicht heute.

Tom zuckte. Das Wasser brannte auf seiner Stirn und ein paar Tropfen Blut schlugen im Waschbecken vor ihm auf. Irritiert sah er in den Spiegel.

Er rieb über die Stirn. Erst vorsichtig, dann heftiger. Ohne Erfolg.

»Diese Bastarde ... Sie haben mich tatsächlich tätowiert ... Diese verdammten Bastarde!«

Tom betrachtete die Buchstaben auf seiner Stirn. Dort stand gut leserlich für ihn: »FUCK YOU!« Direkt darunter dasselbe in Spiegelschrift. Rich und Jon war es offensichtlich wichtig gewesen, dass sowohl Tom selbst, als auch seine Mitmenschen, die Nachricht lesen konnten.

»FUCK YOU!« Tom sprach die Worte aus. Die beiden wussten es also.

Er hatte es noch vor zwei oder drei Monaten vermutet, aber die letzten Wochen hatten sie sich so gut verstanden, dass seine Zweifel verflogen waren.

Es war alles nur gespielt gewesen. Die beiden Hurensöhne hatten ihm eine Falle gestellt.

Tom lachte. Wenn er ehrlich war, dann hatte er es wohl verdient. Als er vor drei Jahren seine beiden Freunde überredet hatte, ihre gesamten Ersparnisse in seine Immobilien-Investmentprojekte zu stecken, hatte er ein paar Risiken verschwiegen. Die beiden waren aber einfach zu naiv gewesen. Wer so gierig war, seine Altersvorsorge und sein Haus aufs Spiel zu setzen, hatte es nicht anders verdient. Der Immobilienmarkt ist nun mal kein Murmelspiel.

Tom schüttelte den Kopf. Er hatte diese elenden Wichser unterschätzt.

Was es wohl kosten würde, das Tattoo weglasern zu lassen? Vielleicht 2000 oder 3000 Euro. Geld, das er offiziell nicht hatte. Offiziell.

Natürlich wussten Rich und Jon nicht, dass Tom zwar vor kurzem Privatinsolvenz angemeldet hatte, aber lange vorher ein Konto auf den Cayman Islands angelegt hatte. Dahin – oder auf eine andere karibische Insel – würde er sich in ein paar Wochen klammheimlich absetzen. Für immer.

Genug Zeit, um vorher einen Termin bei einem Spezialisten für missglückte Tattoos zu vereinbaren. Mit etwas Glück würde alles abheilen, bevor er viel Zeit in der tropischen Sonne verbrachte.

Tom stutzte.

Was, wenn sie es doch wussten? Was, wenn sie ahnten, dass er nicht wirklich pleite war?

Er wankte zurück ins Wohnzimmer und ließ seinen Blick umherschweifen. Flaschen, Gläser, alles lag durcheinander.

Der Eimer gehörte dort nicht hin. Der blaue Plastikeimer neben der Couch stammte definitiv nicht aus Toms Wohnung. Tom setzte sich und sah hinein. Darin lag eine Plastiktüte, auf der sich ein Zettel befand.

Er faltete das Papier auseinander und las den Text.

FUCK YOU!

Wie gefällt Dir Dein Kopfschmuck? Natürlich wissen wir, dass Du ihn Dir weglasern lassen wirst, bevor Du Dich ins Ausland absetzt.

Deine betrogenen Freunde

PS: Schau in die Plastiktüte! Weil Du unsere Existenz zerstört hast, hatten wir kein Geld mehr für steriles Tätowierbesteck. Wir haben deshalb benutzte Spritzen und Kanülen im Stadtpark gesammelt.

Tom schluckte und wurde kreidebleich.

Nachdem er den ganzen Tag gegrübelt hatte, kam Tom zu dem Entschluss, seine Pläne für die Auswanderung vorerst zu den Akten zu legen. Da er nicht wusste, was er sich mit den Spritzen alles geholt hatte, wollte er gewappnet sein. HIV, Hepatitis B und Hepatitis C waren ja nur einige der Möglichkeiten. Es gab noch viel mehr Infektionen.

Eine privatärztliche medizinische Behandlung in Deutschland war teuer und langwierig. Er musste sofort mit prophylaktischen Medikamenten beginnen, das hatte er in *Spiegel* und *Focus* gelesen. Außerdem wollte er mit verschiedenen Kuren zur Steigerung des Immunsystems beginnen und alternative Heilweisen früh mit einbeziehen.

Die kommenden drei Jahre lebte Tom in quälender Angst, welche Infektionen er sich zugezogen haben könnte und wann sie ihn dahinraffen würden. Obwohl die besten Mediziner keine Anzeichen für Krankheiten bei ihm feststellen konnten, setzte Tom seinen Ärztemarathon fort, bis das meiste Geld, das er vor Jahren auf die Seite geschafft hatte, aufgebraucht war.

Am fünften Jahrestag des »hinterhältigen Fuck You«, wie er das Ereignis genannt hatte, saß Tom mit dunklen Augenringen auf der Couch einer 1-Zimmer-Wohnung. Die großzügige Dachwohnung hatte er vor drei Jahren aus Kostengründen aufgeben müssen.

Er war erschöpft. Die Angst, die Medikamente und die vorbeugenden Therapien hatten ihre Spuren hinterlassen. Er sah auf, als es an der Wohnungstür klopfte. Einen Moment später schob sich ein Blatt Papier unter der Tür hindurch.

Tom ging schleppend zur Tür, hob den Zettel auf und drehte ihn um. *Reingefallen, jetzt sind wir quitt.*

Sarah-Jane

aniel saß am Wohnzimmertisch und sah aus dem Fenster. Wie schön das Grün der Bäume war.

Er nahm gerade einen großen Schluck aus seinem Glas, als seine Frau Olivia nach Hause kam. Olivia zog die Augenbrauen nach oben.

»Hallo, mein Schatz. Setz dich zu mir«, sagte Daniel und prostete Olivia zu. Er leerte das Glas und schenkte sich aus einer halbvollen Wodkaflasche großzügig nach.

»Bist du verrückt? Wieso betrinkst du dich am helllichten Nachmittag? Und warum bist du zu Hause? Du hast nicht erwähnt, dass du heute frei hast.«

»Hab mir spontan freigenommen. Komm, setz dich zu mir.«

Olivia setzte sich an den Tisch. »Was ist los? Wo ist Sarah-Jane?«

»Unsere Tochter ist bei ihrem Freund. Sie hat mich heute Morgen in der Arbeit besucht und ist danach direkt zu ihm gefahren.« Er reichte seiner Frau das Glas. »Komm, trink einen Schluck.«

Olivia sah ihn an. »Seit wann trinkst du wieder?«

»Seit ich mir sicher bin, dass ich nicht an einer Leberzirrhose sterben werde.«

»Was meinst du damit?«

»Kannst du dich daran erinnern, als unsere Tochter getauft wurde?«, fragte Daniel. Er nippte an seinem Glas.

»Natürlich. Das ist zwar fast 18 Jahre her, aber wie könnte ich das vergessen? Sarah-Jane ist unsere einzige Tochter und es war ein ... unvergesslicher Tag.«

»Das war er. Du erinnerst dich, dass deine verrückte Tante Angelika bei der Taufe Tarotkarten gelegt hat?«

Olivia seufzte. »Tante Angelika war schon immer eigenartig. Damals hat sie es aber übertrieben.«

Daniel nahm einen Schluck. »Meinst du?«

»Allerdings. Ich habe versucht sie zu überzeugen, mit dem Tarot-Unsinn aufzuhören, aber sie war nicht zu stoppen. Sie hat ständig wiederholt, dass sie ein böses Omen bei der Geburt von Sarah-Jane gesehen hätte. Und dass Sarah-Jane gefährlich wäre. Was für ein Unsinn! Sie sei sogar eine Gefahr für die Menschheit.« Olivia schüttelte den Kopf. »Das war mehr als seltsam.«

Daniel nickte. »Ich habe mich damals darüber lustig gemacht und Witze gerissen. Zum Beispiel dass wir Sarah-Jane nie Physik studieren lassen würden, damit sie keine Atombomben bauen könnte. Auch Chemie und Biologie würden wir ausschließen, um vor biologischen oder chemischen Massenvernichtungswaffen sicher zu sein. Außerdem habe ich geschworen, dass wir ihr kein Hitler-Bärtchen an die Oberlippe kleben werden, damit sie nicht zum Diktator wird.«

Olivia seufzte. »Ich erinnere mich. Das fanden nicht alle Gäste lustig.«

Daniel starrte zum Fenster hinaus. »Stimmt. Wie auch immer. Das hat keine Bedeutung mehr, seit mich Sarah-Jane heute in der Sternwarte besucht hat.« Daniel sah auf die Uhr. »Vor zehn Stunden.«

Olivia wurde blass. »Ist ihr etwas passiert?«

Daniel schüttelte den Kopf. »Es geht ihr gut. So gut, wie dir und mir.« Er lachte.

»Du bist ja betrunken. Mit dir kann man nicht vernünftig reden.«

»Ich *bin* betrunken. Du solltest auch einen Schluck nehmen. Oder zwei.« Er schob ihr erneut das Glas hin. »Als Sarah-Jane zu mir in die Sternwarte kam, war ich dabei, die Beobachtungsdaten der letzten Nacht auszuwerten. Sarah-Jane wollte mir die neuen Stiefel zeigen, die sie sich von dem Geld zu ihrem 18. Geburtstag gekauft hatte. Sie schwang ihren Hintern auf eines der Terminals und verstellte die Ausrichtung des Teleskops.«

Olivia zog ihre Mundwinkel nach unten. »Ich hoffe, du hast nicht zu sehr mit ihr geschimpft.«

»Zuerst war ich stocksauer. Dann fiel mein Blick auf den Monitor. Das Teleskop zeigte genau neben die Sonne, und die Kamera fing ein deutliches Blitzen am Himmel ein.«

»Oh mein Gott«, sagte Olivia leise und schluckte. »Ist er groß?«

Daniel nickte nachdenklich. »Viele Kilometer. Auf jeden Fall groß genug. Und direkt auf Kollisionskurs. Wir hatten ihn zuvor nicht entdeckt, weil er aus Richtung der Sonne kommt. Meine Kollegen und ich haben den Kurs heute ein paar Stunden verfolgt. Er wird die Erde in acht Tagen treffen.«

Olivia wurde bleich und nahm einen Schluck Wodka.

Daniel legte ihren Arm um sie. »Und weißt du, wie der Brocken heißt, der auf die Erde zurast? Nach seiner Entdeckerin hat man ihn heute Sarah-Jane genannt.«

Arbeitszimmer

Dein Leben

Cheryl schob den Aktenordner ins Regal und sah zu ihrer Cousine. »Brauchst du meine Hilfe heute noch, Megan?« Wie immer klang die Frage durch die Mullbinden hindurch seltsam gedämpft. Die Lippen ließen sich dahinter einfach nicht frei bewegen, was eine deutliche Aussprache erschwerte.

Megan winkte ab. »Nein, kein Problem. Du kannst dich gerne zurückziehen. Ich muss noch ein paar Verträge abheften, dann mache ich für heute auch Schluss. Das Wetter ist spitze, und wir sollten es nutzen und nachher etwas im Park spazieren gehen.« Megan sah aus dem Fenster des Arbeitszimmers.

Die Wiesen und Wälder des Anwesens waren in das warme Licht der Nachmittagssonne getaucht.

Cheryl nickte. »Alles klar, Chefin! Gute Idee. Aber Sonne werde ich wohl keine abbekommen.« Sie kicherte leise, aber eher entmutigt als belustigt.

»Ist auch besser so«, sagte Megan. »Deine Narben heilen doch nie, wenn du dir einen Sonnenbrand holst.«

»Du hast ja recht«, seufzte Cheryl. »Aber wenn ich diesen Verband endlich loshabe, dann feiern wir das, ja? Ein halbes Jahr hinter den Mullbinden ist menschenunwürdig.«

»Ich hab dir schon hundert Mal gesagt, dass du froh sein solltest, dass die plastische Chirurgie dich heute nach so einem Unfall wieder herstellen konnte. Du siehst bestimmt toll aus, wenn der Verband runter ist.« Megan legte die Hand auf Cheryls Schulter. »Und außerdem hättest du mich sonst nie gefragt, ob du in meinem Unternehmen mitarbeiten kannst, Cousinchen. Du bist inzwischen eine große Unterstützung für mich bei dem ganzen Bürokram.«

»Ich muss mich bei dir bedanken. Was, wenn du mir keine Chance gegeben hättest? Als Modeverkäuferin wollte mich doch so niemand mehr beschäftigen. Kunden wollen von Menschen bedient werden, und nicht von einer Mumie.« Cheryl lachte erneut, dieses Mal klang es beinahe verrückt.

Megan schluckte. »Ich muss zugeben, dass ich das verstehe. Wenn ich dich nicht so gut kennen würde, fände ich es beinahe beängstigend.«

»Wie meinst du das?«, fragte Cheryl und kam einen Schritt auf Megan zu.

»Na ja, wie soll ich das sagen?« Megan räusperte sich. »Hinter deinem Verband könnte doch sonst jemand stecken. Es gibt jede Menge Thriller, in denen sich ein psychopathischer Serienmörder hinter so einer Maske versteckt und sich das Vertrauen seines Opfers erschleicht. Niemand schöpft Verdacht, bis der Mörder schließlich zuschlägt.«

Cheryl lachte schallend, zumindest so gut es mit dem Verband ging. »Du bist ja verrückt. Ich bin deine Cousine Cheryl. Punkt. Dass du an sowas denkst, wenn du mich siehst, hätte ich nicht vermutet. Ich bin wirklich froh, wenn ich den Verband los bin.«

Megan schien verlegen zu sein. »Tut mir leid, dass ich sowas denke. Ich kann nichts dagegen machen. Aber dass ich dir vertraue, siehst du daran, welche Einblicke ich dir in mein Unternehmen gebe. Und wer weiß, vielleicht wirst du irgendwann Teilhaberin?«

»Das wäre toll«, sagte Cheryl nachdenklich und verließ das Arbeitszimmer mit einem »Bis später im Garten«.

Cheryl schlenderte gerade in Richtung des kleinen Sees auf dem Anwesen, als Megan sich ihr auf einem anderen Weg näherte.

»Fertig mit den Verträgen?«

Megan nickte.

Cheryl musterte sie. »Was ist los? Du siehst unglücklich aus.«

Megan winkte ab. »Nichts Wichtiges. Eine Steuerangelegenheit. Wird sich bestimmt regeln. Wer Geld verdient, muss eben Steuern zahlen.«

»Ein Luxusproblem«, murmelte Cheryl.

»Lass uns um den See gehen, dann kommen wir auf andere Gedanken.«

Der See des Anwesens lag in einer kleinen Mulde und war von dichtem Mischwald umgeben. An einer Stelle ragte ein Steg in den See und Cheryl steuerte direkt darauf zu.

»Willst du etwa baden?«, fragte Megan und zog die Augenbrauen nach oben.

»Ich? Sicher nicht. Eine Mumie zu sein ist nicht lustig. Aber noch weniger möchte ich eine nasse Mumie sein. Aber du könntest doch baden. Du schwimmst doch so gerne. Uns sieht hier niemand, die Angestellten sind alle schon weg. Spring doch einfach rein, ich passe auf deine Sachen auf.«

Megan sah zum Himmel. »Warum nicht? Es ist erst 18 Uhr und immer noch strahlender Sonnenschein. Ein wenig zu schwimmen tut meinem Rücken gut.«

Megan zog sich aus, legte ihre Kleidung sorgfältig zusammen und drückte sie Cheryl in die Hand.

Cheryl sah ihr hinterher, als Megan auf den See hinausschwamm. Dann ging sie in den Schuppen, zog sich aus und zog Megans Kleider an. Sie hob die Bretter des Holzbodens im Schuppen eines nach dem anderen ab und stellte sie an die Wand. Darunter kam ein tiefes Loch zum Vorschein. Cheryl warf ihre Kleider hinein und griff sich eine Axt aus dem Regal.

Sie spähte durch ein kleines Fenster auf den See hinaus, wo Megan ihre Runden zog.

Als sie langsam zum Seeufer zurückging, hielt sie die Axt hinter ihrem Rücken verborgen.

Megan schwamm inzwischen wieder auf den Steg zu. Cheryl wartete an dessen Anfang und lächelte erwartungsvoll.

Megan stieg aus dem Wasser und war sichtlich verwirrt. Sie winkte Cheryl zu sich her. Doch Cheryl bewegte sich nicht, und Megan musste, nackt und nass, wie sie war, zu ihr laufen.

»Warum hast du meine Klamotten an?«

»Deine gefallen mir besser«, sagte Cheryl und das Lächeln auf ihrem Gesicht verflog.

Cheryl wusste nicht, ob Megan vor Wut zitterte oder weil sie tropfnass vor ihr stand.

»Dann gib mir eben deine Kleider«, sagte Megan und starrte Cheryl böse an. »Mir ist kalt.«

»Daraus wird leider nichts.« Während Cheryl noch immer die Axt mit der einen Hand hinter dem Rücken hielt, griff sie mit der anderen an ihren Hinterkopf und löste die Mullbinde. Sie wickelte den Verband zügig von ihrem Kopf. Als sie fertig war, sah sie in Megans ungläubiges Gesicht.

»Du siehst ja aus wie ich!«, schrie Megan sie an. Aus ihren Augen las Cheryl Wut und blanke Verwirrung ab.

»Falsch. Ich *bin* du! Zumindest ab heute.« Mit einer schwungvollen Bewegung schlug Cheryl mit der Axt zu.

Megan konnte nicht einmal mehr die Hand an ihren Hals pressen, aus dem sofort das Blut schoss.

Cheryl hatte vorgehabt, Megans Kopf abzutrennen. Das war leider fehlgeschlagen. So etwas konnte man nicht einfach üben. Aber der Blutverlust und die Verletzung der Wirbelsäule hatten genügt. Megans lebloser Körper lag nun vor ihr, halb am Ufer und halb im Wasser. Das Blut verdünnte sich im trüben Wasser des Sees schnell.

Cheryl warf die Axt, so weit sie konnte, in den See. Der schlammige Grund und bis zu sieben Meter Wassertiefe würden die Tatwaffe für viele Jahrzehnte verbergen. Sie rannte zum Schuppen und holte einen großen schwarzen Plastiksack, den sie über Megan stülpte. Darin schleifte sie Megans Leiche bis zum Schuppen. Das war anstrengend, aber das spezielle Fitnesstraining, das Cheryl die letzten sechs Monate ausgeführt hatte, zahlte sich nun aus. Sie schob den Sack in das Loch im Boden und kippte drei Säcke Zementpulver in das Loch. Anschließend holte sie mit einem Eimer mehrmals Wasser aus dem See und goss es darüber. Zufrieden betrachtete Cheryl ihr Werk, bevor sie die Bretter wieder sorgfältig über dem Loch platzierte.

Cheryl ging gelassen zum Haus zurück. Ein paar Blutspritzer hier und dort auf der gemusterten Bluse störten sicher niemanden. Sie würde den Angestellten erklären, dass ihre Cousine Cheryl heute abgereist war, um sich wegen ihrer Wunden in weitere medizinische Behandlung zu begeben.

Damit wäre der Weg frei für ein neues Leben. Nicht nur als mögliche Teilhaberin des Unternehmens irgendwann, sondern als Eigentümerin, ab sofort.

In dieser Nacht schlief Cheryl erstaunlich gut. Zumindest so lange, bis sie durch das Hausmädchen geweckt wurde, um zu erfahren, dass wichtiger Besuch gekommen war, der bereits in ihrem Arbeitszimmer wartete.

Frechheit! Welcher Besuch konnte einfach unangekündigt auftauchen und in ihrem eigenen Arbeitszimmer warten?

Als Cheryl das Zimmer mit einem barschen »Guten Morgen, was suchen Sie hier?« betrat, wurde ihr klar, welcher Art der Besuch war, der überraschend aufgetaucht war. Es waren Steuerfahnder, die bereits im Begriff waren, Akten und Dokumente in Kisten zu verpacken und mitzunehmen.

»Frau Megan Richardson?«

Cheryl plusterte sich auf. »Ich bin ni...« Sie zögerte. Nach einem Moment des Schweigens, und einer überschlägigen Rechnung, nickte Cheryl. »Ja, das bin ich.«

Schlafzimmer

Das Seil

Der Nieselregen kühlte Michaels Haut. Nebelschleier sorgten dafür, dass er kaum bis zum Boden der Schlucht sehen konnte. Aber Michael wusste, dass der Boden dort unten war. Gut 100 Meter unter ihm.

Er sah auf seine Füße. Sie standen an der Kante und nur ein Schritt trennte ihn vom freien Fall.

Vom Sturz an dem Seil, das um seine Beine geschlungen war.

»Ist das Seil auch sicher? Haben Sie es auf mein Gewicht eingestellt?«, fragte Michael den Mann zu seiner Linken.

»Natürlich! Wir haben das schon über 1000 Mal gemacht«, erwiderte dieser. »Ihr Gewicht ist auf das Gramm genau bestimmt worden und alles wurde genau darauf ausgelegt.«

»Ah, in Ordnung«, gab Michael knapp zurück. Aus dem Augenwinkel sah er die Menge der Schaulustigen, die hinter dem Brückengeländer standen. Viele davon warteten darauf, dass sie selbst an die Reihe kamen.

Michael seufzte. »Aber bin ich nicht zu alt dafür? Ich könnte einen Herzinfarkt oder Schlaganfall bekommen und sterben. Ich bin immerhin fast 65.«

»Nein, keine Sorge! Sie sind gesund, und ernste körperliche Komplikationen beim Sprung sind extrem selten. Wir hatten schon Kunden, die mit über 75 einen erfolgreichen Bungee-Sprung gemacht haben.«

»Verstanden«, bestätigte Michael und beugte sich vorsichtig nach vorne. »Und wenn ich falsch abspringe, kann ich dann nicht gegen einen der Brückenpfeiler prallen und dabei zerschmettert werden?«

»Das ist alles genau berechnet. Sie können die Pfeiler gar nicht erreichen.« Der Mann schien inzwischen genervt. »Wollen Sie jetzt springen oder nicht?«

Michael schluckte. »Es besteht also kein Risiko, dass ich beim Sprung sterbe?«

»Nein, das habe ich Ihnen doch gesagt. Und jetzt Abflug!«

Michael seufzte tief. Er sah zum Seil, das am Geländer befestigt war und gleich seinen Sprung abfedern würde. Es lag in großen Schleifen direkt neben ihm.

Er schloss die Augen und sah unmittelbar das Gesicht seiner Frau vor sich. Ihre letzten Momente im Krankenhausbett, an dem er gewacht hatte, bis es mit ihr zu Ende gegangen war.

Seine Tränen vermischten sich mit dem Nieselregen. »Sophia, ich komme«, flüsterte er. Dann packte er mit beiden Händen das Bungee-Seil, schlang es sich drei Mal um den Hals und sprang.

»Ich liebe dich, mein Schatz«, flüsterte eine Stimme in Michaels Ohr. Er spürte, wie sich warme Lippen über seine Wange sanft zu seinem Mund vorarbeiteten und ihn küssten.

»Ich muss im Himmel sein«, sagte er leise und lächelte.

»Vielleicht, aber wenn du mir nicht bald Frühstück ans Bett bringst, dann könnte dieser Sonntag für dich die Hölle werden.«

Michael öffnete langsam die Augen. »Sophia!«

»Wen hast du sonst erwartet? Haben wir etwa ein Problem?« Sophia sah ihn mit einem entsetzten Gesichtsausdruck an.

Michael sah sich hastig um. Er lag in ihrem Bett im Schlafzimmer. »Nein.« Er nahm ihr Gesicht in seine Hände und küsste sie liebevoll. »Ich hab nur unglaublich schlecht geträumt.« Er rappelte sich im Bett auf.

Sophia runzelte die Stirn. »Alles okay?«

»Ja, jetzt schon. Ich habe eine Entscheidung getroffen. Ich schmeiße den Job im Vorstand hin, und wir machen erst mal einen langen Urlaub. Wir fliegen gleich morgen los. Was hältst du von vier Wochen Karibik?«

»Da bin ich dabei.« Sophia sah ihn glücklich an, zögerte dann aber etwas. »Woher kommt denn dein Sinneswandel?«

Michael küsste sie und sprang mit Elan aus dem Bett. »Das ist doch egal, Hauptsache ich habe begriffen, dass wir die Zeit miteinander genießen sollten. Ich mach uns erstmal Frühstück, dann planen wir unseren Urlaub.« Er verschwand aus dem Schlafzimmer ins Bad.

»Du hast nächsten Samstag noch deinen Bungee-Jump«, rief ihm Sophia hinterher. »Du weißt doch, der Gutschein, den dir deine Kumpels kürzlich zum Vierzigsten geschenkt haben.«

»Wirf ihn weg«, antwortete Michael aus dem Bad. »Wirf ihn weg!«

Sophia ging zur Kommode und sah sich den Gutschein näher an. Er galt offensichtlich bis zum 65. Geburtstag des Beschenkten. Den musste man nicht gleich wegwerfen. Sie steckte ihn in die Schublade ihres Nachttisches und ging beschwingt ins Bad.

Begraben

Etwas kitzelte Samuels Nase. Er griff danach und bemerkte, dass es ein Insekt war, wahrscheinlich ein Käfer. Er zerdrückte das Tier und schleuderte es von sich. Doch die Reste des Krabbeltiers flogen nicht weit, sondern landeten auf seinem Bein. Warum krabbelte überhaupt ein Käfer auf ihm herum? Solches Ungeziefer sollte sich nicht in seinem Bett befinden.

Samuel schlug die Augen auf, aber er konnte nichts sehen. Absolute Dunkelheit umgab ihn. Er richtete sich auf, stieß aber nach wenigen Zentimetern mit der Stirn auf Widerstand. Genauso wenig konnte er die Arme zur Seite strecken.

Offensichtlich befand er sich nicht auf seinem Nachtlager. Aber wo war er dann? Er erinnerte sich daran, dass er mit einer schweren Krankheit mehrere Tage ans Bett gefesselt war. Er hatte jeden Tag damit gerechnet, nicht mehr zu erwachen. So wie viele andere vor ihm. Sie waren unter Qualen und mit eitrigen Beulen am Körper nach wenigen Tagen gestorben. Das Dorf, in dem Samuel wohnte, hatte mehr als 300 Seelen gezählt, aber der schwarze Tod hatte die Hälfte davon geholt.

Nun lag Samuel hier und es dämmerte ihm, was sein Schicksal war. Er steckte in einer Kiste. In seinem Sarg.

Er musste tatsächlich eines Tages nicht mehr erwacht sein und war von seinen Angehörigen begraben worden. Panik überkam Samuel. Die Luft war stickig und er konnte sich kaum bewegen.

Ihm würde übel. Ob er schon unter der Erde lag? Dann wäre es bald vorbei. Samuel sog so viel Luft ein, wie er konnte, und schrie. Gleichzeitig hämmerte er gegen den Deckel der Holzkiste.

Nach ein paar Minuten gab er entkräftet und heiser auf. Er versuchte durch die Ritzen zwischen den Brettern zu spähen, konnte jedoch nichts erkennen. Samuel nahm an, dass der Sarg bereits vergraben war. Damit war es ausgeschlossen, dass er einen friedlichen Tod finden würde. Zu ersticken, war ein grausames Schicksal.

Plötzlich hörte er ein Scharren und Kratzen, auf das wieder Stille folgte. Hatte er sich getäuscht? Er horchte aufmerksam. Da war es wieder. Ein Scharren, Klopfen, Kratzen.

Hoffnung keimte in Samuel auf. Er trommelte so fest, wie er konnte, an das Brett über ihm.

Mit einem Ruck wurde der hölzerne Deckel des Sarges abgerissen und frische, eiskalte Luft strömte in Samuels Gesicht. Er sah direkt über sich einen blutroten Mond.

Fackeln schoben sich in Samuels Blickfeld und er blinzelte. Seine Augen mussten sich erst an die Lichter gewöhnen. Verschwommen erkannte er die Dorfbewohner, deren Gesichter sich über ihn beugten.

Er streckte beide Arme nach vorne, in der Hoffnung, dass sie jemand ergriff, um ihn aus seinem Grab zu holen. Aber niemand zog ihn nach oben. Träumte er?

Samuel wollte die herumstehenden Bauern bitten, ihn endlich aus dem Loch zu heben. Aber er brachte nicht mehr als ein heiseres »Heeee…« hervor.

Samuel hatte sich seine Stimmbänder wund geschrien. »Heee…«, krächzte er erneut.

Im selben Moment spürte er einen Stich in seiner Brust.

Samuel schrie den Umstehenden noch einmal »Heee… mi…«, entgegen und zappelte mit den Armen.

Rufe wurden laut. »Tötet den Wiedergänger!«, »Gott schütze uns vor dem Untoten« und »Nieder mit dem Vampir!«.

Samuel sah auf seinen Brustkorb hinab. Ein Dorfbewohner richtete einen hölzernen Pflock auf ihn. Und für einen kurzen Augenblick nahm er im Fackelschein das Blitzen des Spatens wahr, der auf seinen Hals niedersauste.

»Boah, was für ein krasser Streifen«, murmelte Walter und schaltete das Gerät ab.

Er rieb sich die Augen. Vor dem Einschlafen noch fernzusehen, kann die Schlafqualität reduzieren, hatte er neulich in einer Illustrierten gelesen. Das traf wohl besonders zu, wenn man sich unbedingt Horrorfilme ansehen musste. Walter bereute es bereits und trank den warmen Rest Whisky, der neben ihm stand.

Er schloss die Augen und versuchte sich zu entspannen. Aber statt sofort einzuschlafen, musste er an die unzähligen Menschen denken, die im Verlauf vergangener Jahrhunderte lebendig begraben wurden. Viele von ihnen während großer Seuchen und in Kriegen. Manche fanden den Weg aus eigener Kraft aus ihrem Grab, andere wurden durch Grabräuber unfreiwillig gerettet, als die ihre letzte Ruhestätte plünderten.

Manch einer gab sich nicht auf und versuchte sich bemerkbar zu machen, um befreit zu werden. Viele wurden von ihren Mitmenschen ins Jenseits geschickt, weil diese sie für Untote oder Vampire hielten.

In Erwartung der Rettung aus diesem Leben befördert zu werden, war sicher eine der unangenehmeren Erfahrungen.

Endlich entspannte sich Walter etwas. So etwas konnte heute schließlich nicht mehr passieren, die Medizin war ja viel weiter.

Er zog die Decke bis zur Nasenspitze und fiel in tiefen Schlaf.

Als Walter erwachte und die Augen aufschlug, blieb es dunkel. Er fühlte sich benommen und orientierungslos. So angestrengt er auch versuchte etwas um ihn herum zu erblicken, es gelang ihm einfach nicht.

Sein Kopf schmerzte und ein monotones Brummen durchdrang seinen ganzen Körper. Es kam von irgendwo ganz in der Nähe, aber es ließ sich nicht lokalisieren. Es war vor ihm, aber auch hinter ihm und über ihm. Sogar in ihm.

Er drehte seinen Körper nach links, stieß aber sofort an eine Begrenzung, ebenso auf der rechten Seite. Er war lebendig begraben, durchfuhr es ihn. Er fing an zu strampeln und zu zappeln.

Panik überkam Walter und er schrie um Hilfe.

Plötzlich gab es ein Stimmengewirr um ihn herum.

»Karolin, hilf mir mal mit der 6A. Der kollabiert«, hörte Walter eine Frauenstimme sagen.

»Getrunken?«, fragte eine andere weibliche Stimme.

»Und wie! Hat unseren besten Whisky in sich reingeschüttet, als gäbe es kein Morgen.«

Mit einem Mal fuhr gleißendes Licht in Walters Augen. Er kniff die Augen zusammen, und vor ihm sah er verschwommen die Gestalt einer Frau, die etwas in ihren Händen hielt.

Nach ein paar Sekunden sah Walter, was es war. Eine Augenmaske, die ihm die Frau gerade vom Gesicht gezogen hatte.

»Alles in Ordnung, Herr Dr. Landfried?«, fragte die Flugbegleiterin.

Walter brachte nur ein »Ufff« hervor.

Das nächste Mal würde er den Film im Bordprogramm sorgfältiger auswählen. Und auch nicht mehr den gesamten Whiskyvorrat der Businessclass leertrinken.

Küche und Speisezimmer

Sterneküche

Lisa schwitzte. Der größte Stress beim Kochen bestand immer darin, dass alles auf den Punkt und rechtzeitig fertig wurde. Da war es von Vorteil, dass ihre Küche und sie selbst so gut organisiert waren.

»Lisa, Hunger!«, tönte es aus dem Esszimmer.

»Ja, gleich fertig«, rief sie. Sie kochte für anspruchsvolle Esser und im Lauf der letzten sechs Jahre hatte sie beinahe alle Stile und Richtungen der modernen Küche ausprobiert.

Paleo, Ernährung nach den fünf Elementen, vegan und vegetarisch, verschiedene Crossover-Richtungen, molekulare Küche und noch einiges mehr, für das es kaum einen Namen gab.

Lisa fragte sich, warum so wenige Frauen zu Sterne- und Fernsehköchen aufstiegen. Vielleicht lag es daran, dass weiblichen Küchenchefs zu sehr das Wohl ihrer Gäste am Herzen lag und nicht ihre eigene Karriere und eine möglichst publikumswirksame Show.

Warum auch immer, Lisa bedeutete es viel, dass ihre Gäste zu schätzen wussten, dass sie genau nach deren Geschmack kochte und nur die besten Zutaten verwendete.

»Huuuunger!«

»Ja, gleich fertig.« Lisa beeilte sich, die mit Akazienhonig karamellisierte Entenbrust auf dem Teller anzurichten. Dazu gab es ein cremiges Maronenpüree und in Balsamico geschwenkten Knollenziest. Lisa probierte eines der Knöllchen und war begeistert. Knackig mit leichter Säure und nicht zu salzig abgeschmeckt. Noch einen frischen Thymianzweig auf die Entenbrust. Die Soße zur Ente kam in Form von Geleeperlen auf den Teller, die ihre flüssige Füllung beim Daraufbeißen freigaben. Was für eine Geschmacksexplosion.

Die beiden Teller waren fertig und sahen perfekt aus. Lisa wischte sich den Schweiß von der Stirn.

Sie schnappte sich die Teller und platzierte sie im Esszimmer vor Toby und Maxi. Dann eilte sie zurück in die Küche, griff in eine Tüte und holte zwei aufgeschnittene Brötchen heraus. Sie drückte eine halbe Tube Senf darauf aus und klemmte je eine dicke Scheibe warmen Leberkäse zwischen die Hälften.

Mit den beiden Brötchenkreationen in der Hand setzte sie sich ins Esszimmer neben ihren Mann. Sie gab ihm eines der Brötchen und biss in das andere hinein.

»Herrlich«, seufzte Lisas Mann und roch am dampfenden Leberkäse. »Du weißt einfach, was ich brauche.« Er warf ihr einen verliebten Blick zu.

Lisa klopfte sich innerlich auf die Schultern und freute sich, dass sie den Geschmack ihres Gatten wieder einmal getroffen hatte.

Genauso sehr wie darüber, dass es ihren beiden Yorkshireterriern Toby und Maxi ebenfalls schmeckte.

Scharfsinn

Claude setzte sich wieder an den Tisch, nachdem er von der Toilette zurückgekehrt war.

Er musterte die Runde seiner Verwandtschaft, die am Esstisch versammelt saß. Sein Neffe Frank mit seiner Frau, sein Bruder Harald mit Gattin und seine beiden Cousins Patrick und Siegfried. Seine gesamte verbliebene, nichtsnutzige Verwandtschaft. Alle Blicke waren auf ihn gerichtet, und gerade wünschte sich Claude nichts mehr, als dass seine Frau jetzt noch bei ihm wäre. Sie hätte ihm Kraft gegeben. Kraft gegen die stillschweigende Feindseligkeit anzukämpfen, die ihm entgegenschlug.

Als er die Einladung zum Abendessen angenommen hatte, hatte er schon geahnt, dass es auf eine Konfrontation hinauslaufen musste. Aber sich feige zu verstecken, war noch nie seine Art gewesen. Er hatte immer gekämpft. Egal ob für seine Freiheit, beruflichen Erfolg oder persönliche Weiterentwicklung. Damit hatte er es – im Gegensatz zu seinen Verwandten – auch zu beachtlichem Reichtum gebracht.

Claude lächelte. Natürlich wusste er, dass sein Bruder und sein Neffe es auf sein Geld abgesehen hatten.

»Jetzt, wo Claude wieder da ist, hole ich uns den Nachtisch«, sagte Cynthia, die Frau seines Bruders, und verschwand in der Küche.

Claude trommelte mit den Fingern auf dem Tisch und sah aus dem Fenster. Es dämmerte und vor dem Esszimmer wogen sich die Bäume im Wind. Der Himmel war wolkenverhangen und es regnete.

Inzwischen hatte Cynthia allen den Nachtisch gebracht und setzte sich. »Lasst es euch schmecken«, sagte sie und fing an die Creme zu löffeln.

Claude nahm den Dessertlöffel und steckte ihn in die Creme. Er zögerte. »Was war das noch einmal für eine Nachspeise?«

»Schokoladen-Rum-Creme mit Karamellsplittern«, antwortete Cynthia.

Claude nickte. »Keine Nüsse, oder?«

»Natürlich nicht«, gab Cynthia schnell zurück. »Wir alle wissen doch um deine Allergie.«

Claude nickte, aber er fand, dass die Antwort etwas zu schnell kam.

Er legte den Löffel zur Seite und stand auf. Erneut musterte er die Runde.

Dieses Spiel wollte er nicht mehr mitspielen. Er holte tief Luft. »Ihr haltet euch wohl für besonders clever, oder?«

»Was meinst du damit, Claude?«, antwortete sein Bruder Harald und legte dabei die Stirn in Falten.

»Ihr denkt, ihr könnt mich bei einem Essen ablenken, so dass ich unachtsam werde. Und hofft darauf, dass ich einen allergischen Schock bekomme, der mich umbringt. Damit ihr endlich erbt. Aber daraus wird nichts. Da müsst ihr früher aufstehen.«

»Das ist doch Unsinn«, sagten Frank und Harald unisono.

»Unsinn?«, brüllte Claude so laut, dass Cynthia zusammenzuckte und ihren Löffel fallen ließ.

Claude lief wie ein Tiger um den Esstisch herum und zeigte auf seinen Nachtisch. »Meint ihr etwa, mir wäre entgangen, dass frische, fein gemahlene Walnüsse in der Creme sind?« Er wandte sich an Cynthia. »Du hast versucht, das Aroma der

Walnüsse mit einem großen Schuss Rum zu überdecken. Aber ich habe es bemerkt. Ahnst du warum?«

Cynthia schüttelte den Kopf und wurde blass.

»Du hast braune Finger. Die stammen von den Schalen frischer Walnüsse, die an euren Bäumen im Garten wachsen.«

Cynthia sah verstohlen auf ihre Finger. Unter ihren Fingernägeln zeichneten sich die Spuren der Walnussschalen dunkelbraun ab.

»Und du, Harald, du hast auch dazu beigetragen.« Claude deutete auf Haralds Schuhe. »Das ist ganz klar Walnusslaub, das an deinen Sohlen klebt. Es muss dort hingekommen sein, als du die Nüsse aus dem Garten geholt hast. Warum sonst solltest du bei diesem Wetter im Garten spazieren?«

Harald nahm einen Schluck aus seinem Weinglas und schwieg.

Claude legte die Hand auf Franks Schulter. »Und nun zu dir, mein verräterischer Neffe. Seit ich von der Toilette zurückgekommen bin, versteckst du etwas in deiner Hosentasche. Du tastest andauern danach. Ich würde einiges darauf wetten, dass du das Notfallmedikament aus meinem Sakko geholt hast, damit ich es mir im Fall eines anaphylaktischen Schocks nicht verabreichen kann. Hab ich recht?«

Frank griff in seine Tasche und legte den Notfallpen mit Adrenalin auf den Tisch.

»Ha!«, triumphierte Claude.

»Und du falsche Schlange hast meinen Autoschlüssel genommen.« Claude zeigte mit dem Finger auf Lydia, Franks Frau. »Weil du wusstest, dass ich im Auto sicher einen weiteren Notfallpen deponiert habe.«

Lydia sah hilfesuchend zu Frank, der ihr zunickte. Zögernd legte sie Claudes Autoschlüssel auf den Tisch.

»Und jetzt zu euch, Patrick und Siegfried. Ich habe mich gefragt, welche Rolle ihr spielt. Nachdem ich von der Toilette zurückkam, wusste ich es.« Claude nahm sein Handy, das mit dem Display nach unten auf dem Esstisch lag. »Du, Patrick, kennst dich mit Smartphones und jeglichem Elektronikkram aus. Du hast den Akku herausgenommen, damit ich keinen Notruf absetzen kann.« Er drückte auf den Powerbutton, aber das Handy blieb aus. »Das weiß ich, weil es nach meiner Rückkehr anders auf dem Tisch lag als zuvor.«

Patrick schluckte, zog den Akku aus seiner Hemdtasche und reichte ihn Claude.

»Dann bleibt für dich nur die Aufgabe des Schmierestehens übrig. Damit ich euch nicht bei euren kleinen Spielchen überrasche.« Claude zeigte verächtlich auf Siegfried. »Du hast aber das Licht im Flur ausgeschaltet. Als ich ins Bad ging, war es an. Als ich wiederkam, war es aus.«

Siegfried blies Luft durch die Nasenlöcher. »Verdammt.«

»Ihr seid schlimmer als die Mörder des Cäsar. Verschwört euch gegen mich und spielt mir die heile Welt vor. Ich bin fertig mit euch! Um diese kaputte Familie wird sich die Polizei kümmern.«

Als Claude seine Ausführungen beendet hatte, wischte er sich den Schweiß von der Stirn und setzte sich betont ruhig wieder an den Tisch.

Harald fand als Erster seine Fassung wieder. »Ich hätte nicht gedacht, dass du uns so schnell auf die Schliche kommst.« Dann fing er an zu klatschen und die anderen taten es ihm gleich.

Claude verneigte sich leicht. »Danke für das Kompliment«, unterbrach er den Applaus nach einigen Momenten. »War wirklich ein tolles Krimidinner. Und ihr habt alle perfekt mitgespielt.«

»Hat mir auch Spaß gemacht«, bestätigte Cynthia. »Wenn ich auch lieber deine Rolle gespielt hätte als die der erbschleichenden Schwägerin«.

»Du bist aber auch zu gut, Claude«, sagte Patrick.

Claude zuckte die Schulter. »Ich lese eben viele Krimis.«

Harald stand auf und klopfte Claude auf die Schulter. »Das nächste Mal laden wir jemanden zum Krimidinner ein, der keine so harte Nuss ist wie du, Bruderherz.«

Claude kratzte sich am Kinn. »Ja, macht das. Ich muss jetzt leider los.« Er zog seinen Mantel an, packte alles ein und verabschiedete sich. »Bis bald.« Er lächelte, als er zur Haustür hinausging.

Harald wischte sich den Schweiß von der Stirn. »Gerade nochmal gut gegangen. Das war eine super Idee, Cynthia. Das mit der Generalprobe in Form eines Krimidinners.«

»Ich hatte befürchtet, dass Claude nicht so einfach zu überlisten ist. Da war es naheliegend, zu testen, wie weit wir gehen können, ohne dass er Verdacht schöpft.«

»Können wir das wissen?«, fragte Siegfried und machte eine Pause. »Ich meine, dass er keinen Verdacht geschöpft hat?«

Niemand in der Runde sagte etwas.

Harald lockerte die Krawatte und öffnete seinen Hemdkragen. »Sagt mal, ist euch auch so heiß?«

»Mir auf jeden Fall«, bestätigte Patrick.

Cynthia öffnete das Fenster des Esszimmers. »Mir auch.«

»Scheiße«, murmelte Siegfried. »Ich glaube, Claude wusste, was wir vorhaben.« Er deutete auf die beiden Weinflaschen, die Claude zum Essen mitgebracht hatte. Auf dem Tisch standen zwei fast leere Flaschen Rot- und Weißwein.

Haralds Augen weiteten sich. »Aber mein Bruder hat auch davon getrunken, oder?«

Cynthia schüttelte den Kopf. »Er hat uns allen eingeschenkt und sich selbst nur ein Glas Wasser genommen. Weil er doch noch fahren musste.«

Während sein Blick verschwommen wurde, torkelte Harald zum Flur. Er suchte nach seinem Handy. Irgendwie hatte er die Befürchtung, dass der Akku darin fehlen würde.

Essen ist fertig

Tim hatte seine Hausaufgaben beinahe fertig. Er lag gut in der Zeit. Immerhin hatte er heute extra darauf verzichtet, eine Runde an der Playstation zu spielen. Er wollte morgen Abend unbedingt ins Kino und seine Eltern hatten ihm gestern zwei Bedingungen gestellt. Erstens musste er alle Hausaufgaben erledigt haben und zweitens sollte er …

»Timmy, komm in die Küche, das Essen ist fertig«, erklang es aus dem Erdgeschoss.

Tim sah auf die Uhr. Es war erst halb sechs. Etwas früh für das Abendessen. Aus Erfahrung wusste Tim aber, dass seine Mutter es nicht mochte, wenn man sie ignorierte.

Er klappte das Buch zu und verließ sein Zimmer mit einem knappen »Komme«.

Er war fast am Treppenabsatz, als er erneut »Timmy, komm in die Küche, das Essen ist fertig« hörte.

»Jaja, schon gut. Bin unterwegs«, bestätigte er.

Er bog gerade um die Ecke, als ihn jemand packte und in den Schrank unter der Treppe zog. Er konnte nicht einmal etwas sagen oder schreien, denn eine Hand drückte sich fest auf seinen Mund.

»Schhh …!«, flüsterte seine Mutter. »Ich war gerade im Garten, als ich die Rufe aus der Küche gehört habe. Ich war das nicht!«

Tim schluckte und bekam eine Gänsehaut. Seine Mutter lockerte die Hand auf Tims Mund und legte ihm ihren Finger auf die Lippen. Sie mussten leise sein.

Irgendjemand, irgendetwas war in der Küche und versuchte sie dort hinzulocken. Tim und seine Mutter kauerten im Schrank unter der Treppe und waren so leise, wie sie konnten. Immerhin fiel genug Licht durch die Ritzen der Schranktür, dass es nicht stockdunkel war.

Eine Minute verging und sie konnten erneut deutlich ein »Timmy, komm in die Küche, das Essen ist fertig« vernehmen.

Tim kam sich vor wie in einem Albtraum. Er versteckte sich zusammen mit seiner Mutter in einem winzigen Schrank, aber er konnte nicht einmal sagen, warum oder vor wem er sich verstecken musste.

»Wann kommt Papa nach Hause?«, flüsterte er, so leise er konnte, und sah seine Mutter fragend an.

Seine Mutter zuckte nur die Schultern.

Tims Vater kam eigentlich immer erst gegen 19 Uhr nach Hause. Es würde also sicher noch eine Stunde dauern.

Langsam wurde es stickig in dem engen Schrank und Tim wurde schlecht. Aber seine Mutter machte keine Anstalten die Tür zu öffnen.

»Wer könnte nur nach mir rufen?«, fragte Tim im Flüsterton.

Seine Mutter zuckte die Schultern und grinste teuflisch. »Vielleicht deine Mutter, Tim?« Sie verdrehte ihre Augäpfel, so dass Tim nur noch das Weiße sah. Im selben Moment packte sie ihn am Hals und grunzte. »Fleeiiisch!«

Tim schrie auf und durchbrach die Schranktür. Er stand im Flur und starrte in den Schrank, aus dem seine Mutter mit nach vorne gestreckten Armen und zombiehaftem Gang auf ihn zukam. »Fleeiiisch!«, ächzte sie.

Tim rannte zur Haustür und riss sie auf. Vor ihm stand sein Vater. Zuerst fiel Tim ein Stein vom Herzen, doch dann bemerkte er die leblosen Augen seines Vaters.

»Papa?«, sagte Tim leise.

»Fleeiiiisch!«, erwiderte der laut und trat in der Manier eines Untoten über die Schwelle ins Haus.

Tim drehte sich um und direkt hinter ihm stand seine Mutter und griff nach ihm. Er brüllte wie am Spieß und duckte sich, um sich dem Griff zu entziehen.

Seine einzige Chance war, in die Küche zu gelangen, die einen Seitenausgang hatte. Er rutschte zwischen seinem Vater und seiner Mutter hindurch, die unbeholfen versuchten ihn zu packen.

Er bog um die Ecke und sah, dass jemand am Küchentisch saß. Er erkannte von hinten die Haare seiner Mutter sowie das Sommerkleid und rief: »Mama, schnell weg!«

Im Vorbeirennen zog er an ihrer Schulter und mit einem lauten Krachen landete das Skelett auf dem Boden und die Haarpracht rutschte von einem blanken Totenschädel.

Tim sprang vor Schreck zur Seite und starrte wie gelähmt auf den Boden, wo das Skelett und die Perücke lagen. Er wurde von einem im Chor gemurmelten »Fleeiiisch!« aus seinen Gedanken gerissen, als die Wesen, die er zuvor für seine Eltern gehalten hatte, um die Ecke torkelten.

»Timmy, komm in die Küche, das Essen ist fertig«, ertönte es hinter Tim. Er drehte sich um und sah das Tonbandgerät auf der Mikrowelle.

Seine Eltern fingen an laut zu lachen und fielen sich in die Arme.

»Haben wir toll hingekriegt«, prustete sein Vater und hielt seiner Frau die Hand zum *High Five* hin. Tims Mutter schlug ein und atmete lang und tief aus. »Verdammt, waren wir gut, oder? Was für ein Spaß!«

Tim zitterte am ganzen Körper und schnappte nach Luft. Sein Herz raste. »Das war nur Spa…pa…paß?«, stotterte er.

Sein Vater schüttelte den Kopf. »Natürlich, was hast du geglaubt? Dass wir uns von einem Moment zum nächsten in Zombies verwandeln?«

»Aber … aber … aber warum macht ihr sowas mit mir?«

Seine Mutter ging einen Schritt auf ihn zu. »Du erinnerst dich, dass wir gestern beim Abendessen über deinen Kinobesuch morgen gesprochen haben. Der Film, den du dir ansehen willst, ist ab 16 freigegeben. Und du bist erst 12 Jahre. Eine Bedingung für die Erlaubnis zum Kinobesuch war, dass du die Hausaufgaben fertig hast.«

»Und die andere Bedingung war, dass du die nötige Reife für den Film hast«, ergänzte sein Vater.

Tim schüttelte ungläubig den Kopf. »Schätze, ich bin durchgefallen.«

»Sowas von«, bestätigte seine Mutter. »Timothy Graham, wenn du tatsächlich glaubst, dass deine dich liebenden Eltern plötzlich Untote sind, dann spricht das nicht für deine Reife.« Tim konnte am strengen Gesichtsausdruck seiner Mutter und der Tatsache, dass sie ihn mit vollem Namen ansprach, erkennen, dass es eine Lektion war, die sie für sehr wichtig hielt.

Tim nickte. Langsam senkte sich sein Adrenalinpegel und er konnte wieder normal atmen. »Verstanden und akzeptiert. Aber ihr seid trotzdem verrückt. Ich lass mich demnächst von den Millers adoptieren.« Mit diesen Worten ging er die Treppe nach oben in sein Zimmer.

»Glaubst du, er ist lange böse auf uns?«, fragte Jane Graham ihren Mann.

»Ach, er wird es überleben. Es ist eines dieser Erlebnisse, an die man sich später mit einem Schmunzeln erinnert.«

Jane nickte. »Und es war ein wichtiger, erster Teil seiner Ausbildung. Besser er lernt es früh. Was da draußen auf ihn lauert, ist unvorstellbar viel grausamer als alles, was wir ihm hier vorspielen können.«

Traditionelle Küche

Das Messer zitterte in Rainers Hand. »Ich halt das nicht mehr aus, Sieglinde. Lass uns Schluss machen.«

Sieglinde stand vor ihm und wusste nicht, was sie sagen sollte. Rainer, der Mann, mit dem sie über 30 Jahre verheiratet war, ließ zum ersten Mal im Leben die Schultern hängen. Sie machte einen Schritt auf ihn zu und deutete beiläufig auf das Messer.

Rainer legte das Küchenmesser auf die Arbeitsplatte und sah zu Boden.

Sieglinde lächelte ihn liebevoll an und nahm ihn in die Arme.

»Pass auf, bin doch schmutzig«, sagte er leise.

Dass er noch die Küchenschürze umhatte, störte Sieglinde nicht im Geringsten. »Ich mag's, wenn du nach gebratenem Speck riechst.«

Rainer schmunzelte und zog sie an sich. Sieglinde streichelte ihm über die Wange. »Wenn du den *Schwabinger Grill* aufgeben willst, steh ich hinter dir. Wir können nochmal neu anfangen. Wir sind zwar nicht mehr die Jüngsten, aber Erfahrung haben wir mehr als die meisten anderen.«

Rainer schnaufte und zuckte die Schultern. »Ich weiß nicht. Ich häng an dem Laden. Wie viel war heute in der Kasse?«

Sieglinde schwieg und sah zu Boden.

»Viel kann es nicht gewesen sein.« Rainer sah sich in der blitzsauberen Küche um. »Ich hab nur eine Handvoll Essen gemacht.«

Sieglinde zögerte. »Ungefähr 150 Euro, bis eben. Da kommt auch nicht mehr zusammen. An der Bar sitzt nur noch der Detlev.«

»Und Detlev lässt anschreiben.« Rainer raufte sich die verbliebenen Haare und zog die Schürze aus. »So geht's nicht weiter.«

»Wollen wir es nicht doch mit leichter Küche versuchen?«, fragte Sieglinde vorsichtig. »Das zieht heutzutage mehr Gäste an. München ist ja nicht mehr nur bayerisch wie vor 100 Jahren. Es ist eine Weltstadt, und Weltbürger haben Ansprüche.«

»Weltbürger? Dass ich nicht lach! Unsere bodenständige Kost hat Generationen von Bayern zu den stattlichen Bürgern gemacht, die unser Land braucht. Die meisten Rezepte stammen noch von meiner Großmutter. Was gut genug für meine Großeltern war, wird heute auch noch für die Münchner gut genug sein.«

Sieglinde seufzte. »Wie du meinst, Schatz.«

»Dass unser Gasthaus nicht läuft, liegt doch nur an dem Spinner, der gegenüber aufgemacht hat. Mit seinem neumodischen Fraß und seinen dauernden Aktionsangeboten. Wenn die Leute das satthaben, kommen sie wieder zu uns. Wirst schon sehen.«

»Hoffentlich«, murmelte Sieglinde und folgte ihrem Mann in den Gastraum. »Hoffentlich bald.«

»Schluss für heute, Detlev. Morgen ist auch noch ein Tag zum Trinken«, sagte Rainer und klopfte ihrem Stammgast auf die Schulter.

Detlev schob seinen Hintern schwerfällig vom Barhocker. »Wo soll ich denn hin? Ihr seid doch mein Zuhause.«

Rainer deutete aus dem Fenster in die Nacht hinaus. »Geh doch zu den Wichtigtuern auf der anderen Straßenseite. Ins *MuFoFu*, oder wie der Laden heißt.« Gerald schüttelte den Kopf. »*Munich Food Fusion*, so ein Schmarrn. Kann man ja nicht mal aussprechen, ohne dass man auf den Boden spucken muss.«

Detlev schielte in Sieglindes Richtung. »Da gibt's nur alkoholfreie Papaya-Cocktails und indonesisches Bier. Und Schmusies oder so ähnlich. Das Zeug sauf ich nicht.«

Sieglinde zog eine Flasche *Augustiner* aus dem Kühlschrank und drückte sie Detlev in die Hand.

»Mein Engel«, lallte Detlev. An der Tür blieb er stehen und drehte sich zu Rainer um. »Weißt, was ich machen tät, wenn ich du wär? Ich würd denen da drüben richtig den Spaß verderben. So lange, bis sie Leine ziehen.« Er prostete Sieglinde mit der Bierflasche zu und verschwand in die Nacht.

Rainer sah ihm gebannt hinterher.

Sieglinde gefiel der Gesichtsausdruck ihres Mannes überhaupt nicht. »Was hast du vor?«

»Ach, nix«, erwiderte der und lächelte schelmisch. »Lass uns schlafen gehen.«

Am nächsten Vormittag wischte Sieglinde den Fußboden, als ihr Mann gutgelaunt in die Gaststube kam.

Rainer schwang pfeifend eine Stofftasche mit dem Logo eines lokalen Baumarktes hin und her.

Sieglinde zog die Augenbrauen nach oben. »Was ist da drin?«

Mit einem knappen »Nix« verschwand Rainer in der Küche. Obwohl sich Sieglinde über die gute Laune ihres Mannes freute, überkam sie ein sehr ungutes Gefühl.

Die nächsten Tage vergingen, ohne dass sich mehr Gäste im *Schwabinger Grill* gezeigt hätten. Sieglinde musste mit ansehen, wie Rainers Laune von Tag zu Tag schlechter wurde.

Wenn der Gastraum leer war, stand er gelegentlich am Fenster und sah zum *MuFoFu* hinüber. Meist waren dort alle Tische bis in die Nacht besetzt, das konnte man sogar auf die Entfernung erkennen.

»Das gibt's doch nicht«, murmelte er pausenlos.

»Was gibt's nicht?«, fragte Sieglinde.

»Ach, nix. Lass uns für heute zumachen.«

Am nächsten Morgen kam Rainer in ihr Lokal und warf die Zeitung auf den Tresen. »Ich sag's ja, die ganze Welt ist verrückt.« Er lief mit hochrotem Kopf und wie von der Tarantel gestochen in der Wirtsstube umher. »Schau selber. Auf der Titelseite.«

Sieglinde nahm den *Münchner Anzeiger* und las den Aufmacher. »Restaurant in Schwabing setzt Maßstäbe mit Insekten-Menüs.«

Nachdem sie den Artikel überflogen hatte, sah sie ihren Mann fragend an. »Der Artikel handelt vom *MuFoFu*. Die servieren dort Insekten, und die Gäste finden es toll? Das ist zwar nicht mein Geschmack, aber ich hab's dir doch gesagt. Leichte Kost statt Spareribs und Sauerkraut ist die Devise.«

Rainers Kopf wurde noch röter, bis es schließlich aus ihm herausplatzte. »Die Insekten waren von mir. Von mir! Ich hab sie im Baumarkt in der Tierfutterabteilung besorgt. Als keiner hingesehen hat, hab ich zwei Schachteln Grillen unter die Blattsalate gemischt und zwei Dosen Mehlwürmer in die Fritteuse gekippt.«

»Du spinnst!« Sieglinde riss die Augen auf.

»Ich wollte denen nur eine Lektion erteilen. Insekten ins Essen und das Gesundheitsamt macht denen den Laden dicht. Fall erledigt. Hab ich mir so gedacht. Stattdessen finden das alle toll. Jetzt bekommen sie auch noch kostenlose Werbung. Ich dreh durch.«

»Das geschieht dir recht, du Depp!« Sieglinde sah ihren Mann böse an. »Statt andere zu sabotieren, solltest du deine Energie besser in neue Menüs stecken.«

Rainer antwortete nicht, sondern verschwand schnaubend in der Küche.

In den nächsten Tagen spionierte Sieglinde ihrem Mann vorsichtig hinterher. Es gelang ihr aber nicht herauszufinden, was er im Schilde führte. Lediglich Rainers euphorische Stimmung eines Abends ließ sie vermuten, dass er erneut zugeschlagen hatte.

»Was hast du denn dieses Mal angestellt?«, fragte Sieglinde und sah ihn strafend an.

Rainer rang nach Worten. »Also, mir ist die letzten Tage so viel Blut- und Leberwurst übriggeblieben. Außerdem war da noch so viel Sauerkraut und Blaukraut. Und der ganze Grünkohl mit Speck erst. Das musste ja irgendwie weg ...«

Er kam ins Stocken.

»Was hast du gemacht?«

»Ich hab alles gestern Nacht entsorgt. Gegenüber beim *MuFoFu*. Die Hintertür war nur angelehnt. Drin standen gleich zwei Stahlcontainer und ein großer Topf mit vorgekochter Suppe. Da hab ich das Zeug reingeschüttet. Dann bin ich schnell weg.«

Sieglinde schüttelte ungläubig den Kopf. »Ich fass es nicht.«

»Ich hab es für uns gemacht. Ich weiß eben nimmer weiter.« Rainers gute Stimmung war verflogen. Sieglindes strafende Blicke schienen Wirkung zu zeigen.

»Du wirst morgen rübergehen, alles beichten und dich entschuldigen, damit das klar ist!« Sieglinde verlieh ihren Worten Nachdruck, indem sie mit einem Weißbierglas vor seiner Nase herumfuchtelte.

»Ja, ja«, gab Rainer nach, ließ die Schultern hängen und trottete davon.

Am darauffolgenden Nachmittag sah Sieglinde ihrem Mann hinterher. Dieser trottete mit hängenden Schultern über die Straße zum *MuFoFu*.

Eine Stunde verging, dann noch eine. Und noch eine. Rainer hätte längst wieder hier sein müssen. Wäre sie nicht sicher gewesen, dass niemand das Lokal verlassen hat, dann hätte sie angenommen, dass die Polizei ihren Mann verhaftet hatte.

Nach einer weiteren Stunde sah Sieglinde, wie Rainer aus dem Restaurant gegenüber auf die Straße trat, gefolgt von einem schlanken Mittdreißiger.

Einen Moment später kamen beide durch die Tür des *Schwabinger Grills*.

Rainer strahlte. »Sieglinde, ich möchte dir jemanden vorstellen.« Er deutete hinter sich. »Das ist der Richy, ihm gehört das *MuFoFu*, wo er auch Küchenchef ist.«

»Mein Name ist Richard Hofmann, aber Sie können Richy zu mir sagen.«

»Sehr erfreut.« Irritiert schüttelte Sieglinde die Hand des Mannes.

»Freut mich Rainers bessere Hälfte kennenzulernen.«

Sieglindes Mund stand einen Moment lang offen, bis sie sich wieder fing. »Aha, Sie freuen sich also. Tatsächlich? Sie zeigen uns nicht an?«

Richard Hofmann lächelte. »Nein, mache ich nicht. Ich kann eure Lage gut verstehen. Ich bin in einem Wirtshaus in Freising aufgewachsen. Es war drei Generationen in der Hand unserer Familie. Als mein Vater es vor 15 Jahren aufgeben musste, hat es ihn fast umgebracht. Ich weiß also, was ihr durchmacht. Deshalb will ich euch helfen.«

»Trotz der Sauerei, die mein Mann bei euch veranstaltet hat?«, fragte Sieglinde vorsichtig.

»Nett war das tatsächlich nicht von ihm, aber im Endeffekt hat er uns nicht geschadet, sondern sogar die Grundlage für neue Gerichte geschaffen. Das hat uns bekannter gemacht. Dafür bin ich Rainer sogar dankbar.«

»Wirklich?«

»Ja. Nachdem er das Kraut und die Würste in unsere Tanks mit dem flüssigen Stickstoff geschüttet hatte, war alles tiefgefroren. Zuerst waren wir genervt von dem Durcheinander. Aber dann kam uns die Idee, unseren Gästen geeiste Blut- und Leberwurstscheiben mit tiefgefrorenem Blau- und Sauerkrautstroh auf heißem Süßkartoffelbrei zu servieren. Aus der restlichen Blutwurst haben wir ein Basilikum-Blutwurst-Pesto gemacht. Das war der Renner.«

Sieglindes Kinnlade klappte immer weiter nach unten.

»Der Grünkohl mit Speck hat unsere Kokos-Ingwer-Suppe in eine Geschmacksexplosion verwandelt. Es gab Gäste, die haben eine zweite Portion davon nachbestellt. Meine Küchenhilfen waren verzweifelt, als die Suppe aus war. Von den Jungspunden wusste nämlich keiner, wie man richtig Grünkohl kocht.« Hofmann kicherte.

Sieglinde schluckte. »Und was war mit den Insekten?«

»Die waren super! Die Heuschrecken haben wir kurz angebraten. Mit Schokolade überzogen und in Krokantsplitter getunkt waren sie auf Vanilleeis der perfekte Nachtisch. Traumhaft, wie der zarte Schmelz des Eises mit den knackigen Grillen harmoniert hat. Die Mehlwürmer kamen frisch frittiert auf asiatischen Blattsalaten zum Einsatz. Mit einem Mandel-Cranberry-Dressing. Das hat einen gemischten Salat für drei Euro zu einer exklusiven Menübegleitung auf der Tageskarte für 18 Euro gemacht.« Richy Hofmann klatschte in die Hände. »So macht das Restaurantgeschäft Spaß.«

Rainer wippte auf den Zehen vor und zurück und sah zu Sieglinde. »Ich bin ganz schön kreativ, oder?«

Hofmann knuffte ihn in die Rippen. »Na ja, du hast gute Ansätze geliefert, Rainer, aber ein wenig Arbeit hatten wir schon noch damit. Die positive Publicity war das aber allemal wert.«

Sieglinde sah zu ihrem Mann und dann wieder zu Hofmann. »Ich werd verrückt. Und jetzt?«

Der Besitzer des *MuFoFu* rieb sich die Hände. »Jetzt bringen wir eure Küche und die Karte auf Vordermann. Das hab ich schon mit Rainer besprochen. Meine Stammgäste werden den Laden lieben.«

»Deine Stammgäste?«, fragte Sieglinde.

»Ach ja, stimmt. Das weißt du ja noch nicht. Ich werde das *MuFoFu* in zwei Monaten schließen. Ein Starkoch hat mir eine Partnerschaft für einen Restaurant- und Hotelbetrieb in Sydney angeboten. Das ist die Chance meines Lebens. Ich liebe München, aber jetzt ruft Sydney. Es ruft mich, so wie euer neues Restaurantkonzept euch ruft.« Hofmann klopfte Rainer auf die Schulter.

Acht Wochen später sah Sieglinde ihrem Mann dabei zu, wie er über der Tür ihres Gasthauses ein Schild anbrachte.

Gerald stieg von der Leiter und zeigte sichtlich stolz mit einem Grinsen auf den neuen Namen ihres Restaurants.

Sieglinde traute ihren Augen kaum. Dort stand »*Der Münchner Weltbürger*« und darunter »*Bodenständige Fusion-Küche aus Bayern*«.

»Das ist unsere Zukunft, Sieglinde«, schwärmte Rainer, zog sie schwungvoll zu sich heran und küsste sie.

»Schau her, die neue Karte ist gerade frisch von der Druckerei gekommen.« Er wedelte mit der Speisekarte des *Münchner Weltbürgers* vor Sieglindes Gesicht herum.

»Links stehen immer die klassisch bayerischen Gerichte, rechts daneben moderne, leichte Fusion-Varianten.«

Rainer deutete auf eine Zeile auf der ersten Seite. »Da, Spareribs vom Schwein mit Pommes und daneben Lamm-Spareribs mit Chili-Honig-Glasur, in Salbeiblätter gewickelt und dazu eine Ofen-Süßkartoffel. Oder hier, Wurstsalat mit Essig und Öl auf der einen Seite. Auf der anderen magerer Wurstsalat nach Thai-Art mit Limetten-Minz-Dressing, leicht scharf.« Rainer leckte sich über die Lippen. »Den Schweinsbraten bieten wir wie bisher klassisch mit Knödeln an, mit knuspriger Schwarte und allem Drum und Dran. Alternativ packen wir die mageren Stücke mit Reis und Senf in Algenblätter und schon haben wir den Münchner Sushi-Braten. Bayrisch genial, oder?«

Sieglinde sah ihrem Mann skeptisch an, aber der ließ sich nicht beirren und fuhr fort. »Mit den Süßspeisen machen wir's genauso, da hat mir der Richy viele Tricks aus der Molekularküche gezeigt. Solltest mal die Variante der

Bayrisch-Creme-Kugeln mit dem Malzbiereis aus dem Stickstofftank sehen.«

Sieglinde war sich zwar immer noch unsicher, ob das neben ihr tatsächlich ihr Mann war. Aber langsam bekam sie Hunger, was ein gutes Zeichen war.

»Wir haben erst mal knapp 20 Gerichte auf die Karte gesetzt. Sie ist klein, aber sehr fein. Als Clou können die Gäste entweder die klassische oder moderne Variante bestellen oder einen Probierteller mit jeweils einer halben Portion von beidem.«

»Gute Idee«, bestätigte Sieglinde.

»Meine ich auch. Und unser Bierangebot erweitern wir um ein paar Spezialitäten. Ökologische Biobiere von Kleinbrauereien. Na, was sagst du?«

Sieglinde nahm eine Speisekarte und sah sie sich aufmerksam an.

»Sieht toll aus.« Sieglinde strahlte Rainer an. »Aber Insekten kochen wir keine, oder?«

»Nein, im Moment kommen wir ohne Insekten aus. Aber wer weiß, irgendwann vielleicht?« Er lachte und zwinkerte Sieglinde zu. »Jetzt muss ich mich an die Arbeit machen. Wir sind mit Richys Stammgästen für die nächsten Wochen fast völlig ausgebucht.«

»Wirklich?« Sieglinde konnte es kaum fassen.

»Das Beste ist, ich freu mich schon wahnsinnig darauf, die neuen Sachen zu kochen. Der Richy hat mir viel beigebracht und geholfen, aber jetzt hab ich den Dreh raus. Manchmal muss man eben mit der Zeit gehen.«

Sieglinde lächelte, als sie zurück in die Gaststätte gingen. Sie war glücklich, dass Gerald so voller Tatendrang und Energie steckte und sich jetzt alles doch noch zum Guten wenden würde.

Damit hatte Sieglinde selbst eine Zeitlang nicht mehr gerechnet.

Deshalb hatte sie Vorkehrungen getroffen. Vorkehrungen, von denen Rainer nichts gemerkt hatte, weil er so damit beschäftigt gewesen war, das *MuFoFu* zu sabotieren.

Sie nahm sich vor, die Benzinkanister und Zünder im Keller gleich morgen früh aus dem Haus zu schaffen. Die brauchte sie jetzt nicht mehr.

Keller

Männerhöhle

Fasziniert strich Tom über die Bar-Theke. Das Holz war makellos und auf Hochglanz poliert.

Tom sah sich in seinem Keller um. Gigantisch, was die Baufirma und der Raumausstatter erreicht hatten. Noch vor drei Monaten war sein 100 Quadratmeter großer Keller ein Schandfleck gewesen. Abgestoßenes Linoleum und kahle Wände. Neonröhren beleuchteten ein altes Sofa und einige leere Ikea-Regale, die noch aus der Zeit kurz nach der Gründung des schwedischen Möbelhauses stammten. In der Mitte des Raumes hatte ein runder Tisch mit vier einfachen Holzstühlen gestanden. Der Tisch war als Pokertisch gedacht gewesen, hatte solch ein Ereignis aber nur ein paar Mal erlebt.

Tom hatte nicht viele Freunde. Eigentlich hatte er überhaupt keine echten Freunde. Seine Arbeitskollegen, die ihn zum Pokern besucht hatten, musste er dafür bezahlen. Er hatte ihre Einsätze beim Pokern komplett selbst übernommen und beim Spiel hatten sie ihn betrogen.

Tom seufzte tief, als er an die letzten Jahre dachte. Die Rolle des Außenseiters in der IT-Firma hatte ihm noch nie besonders gefallen, aber er wurde immer schlimmer ausgegrenzt. Obwohl er als Programmierer richtig gut war, mochte ihn niemand.

Eines Tages war ihm die Idee gekommen, seinen Keller zu einer echten Männerhöhle umbauen zu lassen. Er war sich sicher gewesen, dass er damit der Größte wäre und sich seine Kollegen um einen Besuch bei ihm reißen mussten.

Nun war alles fertig und der Keller war besser geworden, als er es je zu träumen gewagt hätte.

Seine Männerhöhle sah nun aus wie das Innere eines alten Segelschoners. Boden und Wände waren mit Schiffsplanken verkleidet, an den Wänden gab es viktorianische Lampen, die den Raum in ein schummriges Licht tauchten. Außerdem gab es Piratenwaffen als Dekoration. Enterhaken, Säbel, Messer und Knüppel, alles authentisch und einsatzbereit.

Die Bar befand sich an der Stirnseite des Raumes und hatte die Form eines Beibootes. Natürlich gab es einen Zapfhahn für Bier. An einem Gestell an der Decke hing eine Auswahl an Spirituosen.

Überall standen Rumfässer, die als Ablage dienten oder aber – in der Hälfte auseinandergesägt – als ungewöhnliche Regale. Tom hatte natürlich auch auf eine ordentliche Ausstattung mit TV und Surround-Sound bestanden. Er hatte einen Flachbildfernseher installieren lassen, der an einem fast unsichtbaren Deckenhängesystem im ganzen Raum bewegt werden konnte. Man konnte von überall aus fernsehen, auch vom Pokertisch aus, wenn man das wollte. Der alte Tisch mit den Stühlen war als einziges Überbleibsel seines früheren Kellers im Raum geblieben.

Er sah zum Tisch hinüber. Leider war es in den vergangenen Wochen nicht so gelaufen, wie Tom sich das erhofft hatte. Trotz der urigen Männerhöhle wollte keiner seiner Kollegen zum Pokern zu ihm kommen.

Tom hatte mehrfach Fotos seines neuen Kellers in der Firma gezeigt, aber außer eines erstaunten Raunens hatte er keinen Erfolg damit gehabt. Er glaubte inzwischen beinahe, dass seine Kollegen Angst vor ihm hatten.

Er ging zur Bar und genehmigte sich einen Schluck Rum aus der Flasche. Er war sich sicher, dass heute jemand kommen würde. Die diesmalige Einladung konnten seine Kollegen nicht ausschlagen. Dafür hatte Tom gesorgt, indem er verbreitet hatte, dass heute auch der Firmenchef zum Pokern da wäre. Die Schleimer würden sich die Chance nicht entgehen lassen, dem Chef näher zu kommen, um ihren Karrieren einen Schubs zu geben.

Es läutete. Tom sah auf die Uhr. Pünktlich wie drei Eieruhren.

Stolz führte er seine Gäste in den Keller und erntete dafür ein erstauntes und, wie er meinte, anerkennendes Raunen.

»Seht mal, die Waffen habe ich auf einer Auktion ersteigert. Eindrucksvoll, oder?« Tom nahm einen Bootshaken, einen Säbel und ein großes Entermesser von der Wand und legte alles auf den Tisch in der Mitte des Raums.

»Ganz toll«, kommentierte Steven und fuhr vorsichtig über die scharfe Klinge des Säbels. »Und nett hast du es hier.«

»Hm, nett«, bestätigte Ricardo. »Aber wo ist Dr. Waters? Du hast behauptet, der Chef käme auch zum Pokern.«

Tom setzte sich an den Tisch. »Stimmt, der Chef ist auch da.«

Er zog ein Dokument aus seiner Mappe und legte es auf den Tisch. Ricardo, Steven und Bill betrachteten es eine Weile.

Tom zeigte mit dem Finger auf die Unterschriften am unteren Ende des Blattes. »Das ist die Urkunde, die den Kauf der *TelNet Software Inc. durch mich, Tom Schreiner*, belegt. Ab heute bin ich euer Chef.«

Weiter hätten die Münder seiner Mitarbeiter nicht offen stehen können.

Bill war der Erste, der seine Worte wiederfand. »Du?«

Tom legte den Kopf schief. »Genau. Ich. Eine gut laufende Firma ist heutzutage eine profitable Wertanlage. Daher habe ich mein Erbe in den Kauf von *TelNet* investiert.«

»Schön. Gratuliere.« Ricardo setzte sich an den Tisch. »Dann lasst uns mal pokern.«

»Klar«, stimmte ihm Steven zu.

»Freut mich, dass ihr inzwischen so gerne spielen wollt. Umso besser. Denn es wird jede Woche eine Pokerrunde bei mir stattfinden.« Tom gab die Karten aus.

Bill schluckte und Ricardos Lächeln wirkte plötzlich aufgesetzt.

»Auf jeden Fall übernehmen wir jetzt unsere Einsätze selbst. Ist doch selbstverständlich, oder Jungs?«, schlug Steven vor und sah Ricardo und Bill eindringlich an, bis diese zustimmend nickten.

Tom zog die Augenbrauen nach oben. »Das tut ihr bereits. Eure Jobs sind eure Einsätze.« Er sah in drei sprachlose Gesichter.

Steven fing sich als Erster. »Das kannst du vergessen, dass wir gegeneinander spielen.«

»Wer nicht spielt, hat schon verloren«, antwortete Tom knapp. »Aber der Gewinner bekommt eine Beförderung zum Standortleiter und eine entsprechende Gehaltserhöhung. Ihr seht also, dass ihr nichts zu verlieren habt, sondern nur gewinnen könnt.«

Ricardo grinste. »Hol eine Flasche Scotch und vier Gläser. Und dann wird gespielt.«

Bill und Steven brummten zustimmend und Tom stellte sogleich ein Flasche Whisky auf den Tisch. Dann gab er die Karten.

Klaus Bäcker schüttelte den Kopf. »Ich fasse es nicht. Wie konnte es dazu kommen, Herr Schreiner?«

Tom seufzte und zuckte die Schultern. »Ich weiß es auch nicht, Herr Kommissar. Es ging alles so schnell.«

Klaus Bäcker lief wie ein Tiger in seinem Büro auf und ab. »Zu dumm, dass auf Ihrem Überwachungsvideo kein Ton zu hören ist.«

»Immerhin gibt es ein Video. Das sollte Ihre Arbeit doch sehr erleichtern, oder? Ich habe die Überwachungskamera erst beim Umbau meines Kellers installieren lassen. Man kann ja nie wissen.«

Bäcker nickte. »Ich frage mich, ob Ihre drei Gäste geahnt haben, dass sie am Ende des Tages tot in Ihrem Keller liegen werden. Noch dazu in so einer Sauerei.« Er ging zum Videosystem an der Wand und startete den Clip erneut. Gebannt sah Klaus Bäcker auf die Aufzeichnung. »Sie spielen eine Runde Poker nach der anderen, bis es wie aus heiterem Himmel zum Streit zwischen Ihren Gästen kommt, der kurz darauf eskaliert.« Er stoppte das Video.

»Genau, die drei beschimpfen sich urplötzlich und sind nicht mehr zu bremsen. Steven schnappt sich den Säbel und sticht auf Bill ein. Ricardo nimmt den Bootshaken und bearbeitet damit Steven, worauf Bill mit seinem letzten Atemzug Ricardo mit dem Entermesser die Kehle aufschlitzt.« Tom lehnte sich im Stuhl zurück. »Ich war vollkommen geschockt. Die haben einfach zu viel getrunken, fürchte ich. Und keiner von ihnen wollte verlieren.«

»Zu dumm, dass in dieser Situation auch noch diese martialischen Waffen auf dem Pokertisch lagen.«

»Ich habe nicht geahnt, dass diese tolle Dekoration meines Kellers so gefährlich sein könnte«, erwiderte Tom.

Bäcker ließ den Clip bis zum Ende laufen und beobachtete, wie sich die drei Arbeitskollegen gegenseitig umbrachten. »Leider kann man durch die geringe Auflösung nicht erkennen, was zu dem Streit geführt haben könnte. Können Sie mir nicht helfen?«

»Leider nicht«, antwortete Tom und schüttelte energisch den Kopf.

Klaus Bäcker ging ans Fenster und sah hinaus. Es war Zeit Herrn Schreiner mit dem Kartenspiel zu konfrontieren, das in seinem Keller sichergestellt worden war. Zwölf Asse in einem Satz Karten waren ein paar zu viele für einen friedlichen Pokerabend.

Heimvorteil

Jill rutschte unruhig auf ihrem Sitz hin und her. »Wann sind wir endlich da?«

Matt gähnte und sah auf die Uhr. »Noch 'ne halbe Stunde bis *La Pine*. Ungefähr.«

Der Fernbus fuhr seit knapp zwei Stunden durch den *Deschutes National Forest*, und außer Bäumen gab es draußen nicht viel zu sehen.

Der Akku von Jills Handys war längst leer. »Mir ist langweilig. Ich freu mich ja darauf, Grandma und Grandpa zu sehen, aber sie könnten doch etwas näher an *Portland* wohnen.«

Matt nickte. »Ich freue mich auch, aber die Fahrt ist ätzend. Keine Ahnung, warum Mum und Dad uns nicht hinfahren wollten.«

Jill zuckte die Achseln. »Die brauchen eben auch mal Zeit füreinander. Hast du den Zettel mit der Adresse?«

»Klar. Hab alles im Griff.« Matt klopfte seiner 13-jährigen Schwester beruhigend auf die Schulter. Er hatte als großer Bruder schließlich die Verantwortung für sie, auch wenn er nur zwei Jahre älter war.

30 Minuten später hielt der Bus in *La Pine* an und Jill und Matt stiegen aus. Matt drehte sich einmal um seine Achse, um festzustellen, ob ihre Großeltern sie nicht vielleicht abholten. Da niemand zu sehen war, steuerte er zielstrebig auf einen Supermarkt zu.

»Können Sie uns sagen, wie wir zur William Foss Road 130 kommen?«, fragte er einen Angestellten, der die Regale im Laden auffüllte.

Der Supermarktverkäufer nickte lässig. »Einmal rechts um die Ecke, dann der Straße aus dem Ort folgen. Nach ungefähr zehn Minuten solltet ihr bei 130 ankommen.«

Matt bedankte sich und zog seine Schwester hinter sich her. Es war der Vorabend des 4. Juli, des amerikanischen Unabhängigkeitstages, den Matt und Jill mit ihren Großeltern feiern wollten. Eigentlich war es umgekehrt. Seit Wochen drängten Grandma Helen und Grandpa Jeff die Eltern von Matt und Jill, ihre Enkel für ein paar Tage bei sich zu haben.

Da seit der Sommersonnenwende erst zwei Wochen vergangen waren, war es noch immer hell, obwohl es kurz nach acht Uhr abends war. Genug Tageslicht, um den kurzen Fußweg zu meistern.

Die Anwesen lagen verstreut links und rechts der Straße. Viele hatten keine erkennbare Nummer, aber nach etwa 500 Metern konnte Matt an einer Einfahrt die 130 erkennen. Er und seine Schwester bogen auf den Kiesweg ab und standen wenig später vor dem Haus.

»Da hängt eine Nachricht an der Tür«, sagte Jill zu ihrem Bruder.

Matt nahm das Papier und las.

Hallo Kinder! Schön, dass ihr gut angekommen seid. Grandpa ist heute leider gestürzt, und ich bringe ihn in die Klinik in den Nachbarort, wo er einen Gips bekommt. Wenn das erledigt ist, kommen wir sofort zurück nach Hause. Auf dem Küchentisch stehen Essen und Schokopudding. Im Wohnzimmer liegen DVDs, die ihr euch ansehen dürft.

Küsse
Grandma

PS: Der Schlüssel liegt unter dem Schaukelstuhl auf der Veranda.

»Na dann rein und sehen, was es zu futtern gibt.«

Matt holte den Schlüssel und ein paar Minuten später saßen er und Jill auf der Couch im Wohnzimmer. Beide hatten sich Ravioli geholt, die sie gierig verschlangen.

Matt startete den DVD-Player mit dem dritten Teil der Hobbit-Saga und Jill kuschelte sich in eine Decke.

»Hey, lass mir auch was vom Schokopudding übrig«, protestierte Matt.

Jill hatte die Zeit genutzt, die Matt mit dem DVD-Player beschäftigt war, um sich einen Vorsprung beim Nachtisch zu verschaffen. Sie zog sonst immer den Kürzeren, weil Matt jegliche Art von Süßspeise in annähernd Lichtgeschwindigkeit in sich hineinschaufelte.

Jill reichte ihrem Bruder die Schüssel und gähnte. Dann zog sie die Decke bis unters Kinn.

Matt beobachtete, wie seiner Schwester die Augen zufielen. Er aß von dem Pudding und wurde ebenfalls bald müde.

Als auf dem Fernsehschirm Bard gegen den Drachen Smaug kämpfte, war Matt gerade dabei, neben seiner Schwester einzuschlafen.

Hank hatte den Supermarktkittel gegen einen grauen Kapuzenpulli getauscht. Er stand im Garten eines Anwesens an der William Foss Road. Es war das Haus mit der echten Nummer 130. Er zog die Kapuze über den Kopf.

Fasziniert sah Hank durch die Fenster ins hell erleuchtete Innere des Hauses. In der Küche erkannte er, wie sich ein älteres Ehepaar stritt. Er konnte nicht hören, was sie sagten, aber sie schienen einerseits besorgt und andererseits wütend. Der Mann griff nach dem Telefonund sprach aufgeregt hinein.

Hank schüttelte den Kopf und schlich aus dem Garten auf die Straße hinaus. Er lief einige Minuten in Richtung der Ortsmitte. So lange, bis er am Schild mit der Nummer 130 angekommen war. Er sah sich um, aber es waren weder Autos noch Menschen in der Nähe zu sehen.

Hank zog einen Schraubenzieher aus seiner Hosentasche und begann das Schild mit der Nummer 130 an der Einfahrt abzuschrauben. Darunter kam die Nummer 106 zum Vorschein. Er warf das Schild in ein Gebüsch und steuerte auf das Haus am Ende der Auffahrt zu.

Er wusste, dass die beiden Geschwister inzwischen dort drinnen waren. Sie mussten es sein.

Wie arglos die Großeltern der Kinder gewesen waren. Sie hatten seit Wochen im ganzen Ort erzählt, dass zum 4. Juli ihre 13- und 15-jährigen Enkel zu Besuch kämen. In einem abgeschiedenen Ort wie *La Pine*, mit nicht einmal 1500 Einwohnern, sprach sich das herum. Hanks Job im einzigen Supermarkt war ideal dazu geeignet, Tratsch und Klatsch aufzuschnappen.

Hank öffnete vorsichtig die Tür seines Hauses und trat ein. Er konnte Matt und Jill dabei zusehen, wie sie auf der Couch schliefen. Die leere Schüssel auf dem Wohnzimmertisch versicherte ihm, dass die beiden lange schlafen würden. Mindestens bis morgen Mittag.

Er war aufgeregt, und konnte es kaum erwarten. Damit er wirklich seinen Spaß mit den beiden hatte, mussten sie wach sein. Das ließ ihm genug Zeit, noch einmal alles zu überprüfen. Er stieg die Treppe in den Keller hinunter.

Normalerweise hatte er immer nur einen Gast, nie zwei gleichzeitig. Das war dieses Mal ein glücklicher Zufall. Aber er hatte dafür extra einen zweiten Stuhl mit Fesseln bauen müssen. Ein ziemlicher Aufwand.

Er fand, dass alles einwandfrei war. Knebel und Werkzeuge lagen bereit. Solange die Kinder schliefen, konnte er sie hier unten platzieren und verwahren. Er betrachtete den gestampften Boden in einem der Kellerräume. An sieben Stellen konnte man unschwer erkennen, dass die Erde lockerer war. Hank vermutete, dass genug Platz für mindestens sechs oder sieben weitere Körper hier unten war. Danach würde ihm sicher etwas einfallen, um mehr Platz zu schaffen.

Zufrieden und beinahe beschwingt stieg er die Treppe hinauf. Zeit, dass der Albtraum für die beiden Geschwister begann.

Als er den Treppenabsatz erreicht hatte, sah er, wie die Kellertür mit Schwung auf ihn zukam und ihn im Gesicht traf. Blut spritzte auf die Tür und auf Hanks Pulli, als seine Nase durch den Aufprall zerquetscht wurde. Er kippte nach hinten und polterte die Treppe hinunter. Noch ehe er einen Schrei ausstoßen konnte, schlug er mit dem Kopf auf dem Kellerboden auf, und sein Genick brach wie ein Streichholz.

Grandma Helen wandte sich ihrem Mann zu. »Das nimmt uns die Entscheidung ab, was wir mit ihm machen.« Sie nahm die Finger von Hanks Hals. »Kein Puls. Da sein Hals einen Knick mit rechtem Winkel beschreibt, wird er wohl auch nie wieder einen Puls bekommen.«

Jeff nickte. »Er hat bekommen, was er verdient.«

»Meiner Meinung nach hätte er mehr verdient«, erwiderte Helen.

»Es ist immerhin mehr Gerechtigkeit, als wir zu unserer Zeit im aktiven Polizeidienst je erreichen konnten. Wie oft mussten wir solche Kerle laufen lassen, weil es einen Fehler bei der Beweisaufnahme gegeben hat. Oder weil ein korrupter Staatsanwalt einen Verfahrensfehler begangen hat.«

Helen runzelte die Stirn. »Es war trotzdem nicht so geplant. Er hätte sich vor den Eltern aller seiner Opfer verantworten müssen.«

»Das stimmt.« Jeff seufzte. »Komm, lass uns die Kinder in unser Haus bringen. Sie sollen sich ausschlafen und morgen einen wunderschönen 4. Juli haben. Das haben sie sich verdient. Auch wenn sie nie erfahren werden, was hier vorgegangen ist, während sie schliefen.«

Helen zögerte. »Eine Sache ist noch offen. Eine sehr ernste Angelegenheit.«

Jeff riss die Augen weit auf. »Was denn?«

»Wir müssen noch ausknobeln, wer unserer Tochter erklärt, dass wir ihre beiden Kinder als Köder für einen Serienmörder benutzt haben.«

Fünf Sterne

Sascha zog wie wild an den Fesseln, aber sie saßen bombenfest an seinen Handgelenken.

»Hör auf, du machst es nur schlimmer«, fuhr in Beatrice an. »Lass lieber mich mal versuchen.«

Sascha rollte mit den Augen. »Wenn du meinst, Bea. Ich halte von jetzt an still.« Er versuchte betont ruhig zu klingen. »Du weißt, wir dürfen keine Zeit verlieren. Der Typ kommt in einer Stunde wieder und macht uns fertig.«

»Ich hab eine Idee«, sagte Beatrice. »Greif mal in meine Jackentasche. Dort müsste ein Lippenpflegestift sein. Wenn wir den zerdrücken und ich damit meine Handgelenke einreibe, kann ich sie bestimmt durch die Fesseln ziehen.«

»Du bist genial.« Sascha beugte sich zu ihr und küsste sie, während er in ihren Taschen kramte.

»Mach schnell! Wir können uns küssen, soviel wir wollen, sobald das hier vorbei ist.«

Es gelang Sascha den Lippenstift zu finden, seine Kappe herunterzuziehen und die vaselineartige Substanz um die Handgelenke von Beatrice zu reiben. Danach schaffte es Beatrice mit einiger Anstrengung, ihre Hände zu befreien, worauf sie sogleich Sascha losband.

»Jaaaa.« Sascha stieß einen geflüsterten Freudenschrei aus. »Wir sind die Besten!«

Beatrice küsste ihn flüchtig. »Noch sind wir ihm nicht entkommen.«

»Stimmt. Wie lange haben wir noch?«

Beatrice sah auf ihre Uhr. »Knapp 50 Minuten, schätze ich.«

»Dann lass uns loslegen.« Sascha ging zur einzigen Tür im fensterlosen Kellerraum. »Stahltür. Sicherheitsschloss«, sagte er knapp. »Hast du irgendwas dabei, womit wir die öffnen könnten? Sprengstoff vielleicht?«

»Witzbold.« Beatrice schüttelte den Kopf.

»Okay, dann müssen wir einen anderen Weg suchen. Der Typ, der das hier gebaut hat, ist echt verrückt. Das wissen wir ja.« Sascha lachte heiser. »Er hat bestimmt irgendwelche Geheimgänge in seinem Haus, Falltüren und so weiter. Du nimmst dir die rechte Hälfte des Raums vor und ich die linke. Sag Bescheid, wenn du eine Entdeckung machst oder du meine Hilfe brauchst.«

Beatrice startete sofort damit, die Wände auf der rechten Seite abzuklopfen. Sascha gönnte sich einen Moment und betrachtete den Kellerraum. Er wollte planvoll vorgehen. Er drehte sich einmal um seine Achse. Schätzungsweise 35 Quadratmeter, eingerichtet im Stil der 50er. Schrankwand, Sofagarnitur, Tisch und einige Stühle. Herzstück war ein altes Fernsehgerät. Nicht gerade charmant dekoriert.

Das Zimmer verfügte außerdem auf einer Seite über eine große Küchenzeile, komplett mit Hängeschränken, Kühlschrank und Elektroherd. Für einen Kellerraum ungewöhnlich und darauf ausgerichtet, sich hier länger aufhalten zu können. Nur dafür waren Beatrice und er nicht hergebracht worden. Ein Langzeitaufenthalt würde es sicher nicht werden. Sascha bekam eine Gänsehaut.

Falls es geheime Türen, Fluchttunnel oder Ähnliches gab, mussten sie gut versteckt sein. Viele Möglichkeiten sah er nicht.

Sascha beobachtete Beatrice aufmerksam, wie sie Schubladen und Türen der Schrankwand öffnete. Energisch klopfte sie die Rückwand ab.

Saschas Blick blieb an ihrem Hintern und der Taille hängen. Eine Ablenkung, die er gerade nicht gebrauchen konnte. Disziplin, Junge!

Er packte die Kissen und Polster des Sofas und schleuderte sie auf den Boden, um danach das Möbelstück ein paar Zentimeter zu verschieben. Es war nichts Ungewöhnliches daran oder darunter zu finden. Das galt ebenso für die Sessel.

Auf einmal hatte er eine Idee. Hastig zog er einige Schubladen in der Küchenzeile auf und nahm einen Kochlöffel heraus.

»Hey«, rief ihm Beatrice zu. »Was, wenn er früher zurückkommt?«

Sascha drehte sich zu ihr um. Beatrice stand mit verstörtem Blick in der Mitte des Zimmers. Ihre dunkelbraunen Haare klebten ihr im Gesicht und sie atmete schwer.

»Ich weiß es nicht, aber wir haben keine Wahl.« Sascha nahm sie in den Arm und presste sie an sich.

Beatrice warf erneut einen Blick auf die Uhr. »Knapp 30 Minuten noch.«

Sascha schluckte. »So wenig? Verdammt, lass uns weitermachen!« Er rollte einen Teppich zur Seite. Mit dem Kochlöffel klopfte er den Holzboden ab. Fehlanzeige, der Boden schien massiv.

Er legte den Teppich wieder an seinen Platz und schob den anderen weg. Sascha zuckte zusammen. Darunter waren Blutspuren. Von sehr viel Blut, das sich in Richtung einer der Wände verteilte. Jemand hatte versucht es wegzuwischen, aber einiges davon war schon eingezogen.

Er fuhr mit den Fingern darüber. Da waren Kratzspuren, und es fühlte sich noch leicht feucht an. Sascha vermutete, dass es keinen Tag her war, dass es hier eine mächtige Sauerei gegeben haben musste. Die Spuren führten an eine Stelle an der Wand, vor der sich eine hölzerne Verkleidung befand. Sascha klopfte die Stelle ab, aber die Bretter schienen bombenfest an der Wand zu sitzen und massiv zu sein. Keine Chance etwas zu bewegen. Vielleicht hätte eine Feuerwehraxt etwas bewirkt, aber die hatte er ihnen verständlicherweise nicht überlassen.

Sascha zog den Teppich hastig wieder über den Blutfleck und hoffte, dass Beatrice nichts bemerkt hatte. Das Blut würde sie nur in Panik versetzen und verhindern, dass sie einen kühlen Kopf bewahrte.

»Hilf mir mit dem Fernseher«, rief ihm Beatrice zu.

Gemeinsam wuchteten sie das Gerät auf den Boden und untersuchten die Wand dahinter. Wieder nichts.

Es wurde eng, doch Sascha tat betont gelassen. »Ich suche an der Küchenzeile weiter. Hast du schon in den Kühlschrank gesehen?«

Beatrice seufzte. »Ja, ist aber nichts drin, was uns weiterhilft. Scheint außerdem kaputt zu sein.«

»Kaputt?« Sascha stutzte und warf Beatrice einen bedeutungsvollen Blick zu.

Sie öffneten die Tür des Geräts.

Beatrice klopfte die Innenwände des Kühlschranks ab. »Klingt ziemlich hohl, und das Innere sieht eher provisorisch aus.«

»Du hast recht. Lass ihn uns wegschieben und dahintersehen.« Sascha versuchte, den Kühlschrank nach vorne zu ziehen. Er strengte sich an, bis die Adern an seinem

Hals hervortraten, aber es gelang ihm nicht, das Gerät auch nur einen Millimeter zu bewegen. »Er ist festgeschraubt.« Er ballte die Faust. »Wir sind dicht dran.«

»Was meinst du?«

»Hier muss irgendwo ein Mechanismus sein, der den Kühlschrank freigibt. Hinter dem Teil finden wir bestimmt etwas.«

Sascha sah sich erneut um, hatte aber keine Idee, was er als Nächstes versuchen sollte. Er fluchte. »Verdammter Mist, ich finde nichts. Wie lange noch?«

»Sieben Minuten«, antwortete Beatrice.

Plötzlich war ein lautes Kratzen zu hören, das von der Wand kam, vor der Sascha den Blutfleck entdeckt hatte.

»Sch!«, zischte er.

»Was war das?«, flüsterte Beatrice. Sascha schwieg und legte den Finger auf ihre Lippen.

Beatrice zeigte auf ihre Uhr und hielt drei Finger in die Höhe.

Sascha wischte sich die Schweißperlen von der Stirn und legte den Kopf in den Nacken. Dabei sah er die Deckenlampe. Den einzigen Gegenstand im Raum, den er noch nicht in den Fingern gehabt hatte.

Vorsichtig zog er die Lampe nach unten. Er spürte, wie sie an einer Art Seilzug nach unten glitt. Im selben Moment schob sich der Kühlschrank ein Stück aus der Küchenzeile und gab eine Öffnung in der Wand frei.

Beatrice ballte die Faust und kroch zu dem Loch in der Wand.

»Ich voran«, flüsterte Sascha und krabbelte in den Tunnel, dicht gefolgt von Beatrice, die den Kühlschrank hinter sich in die Wand zurückzog.

Sascha hörte hinter ihnen im Raum ein Kratzen und Scharren. Die Geräusche wurden leiser und verklangen bald, als sie weiterkrochen.

Der Tunnel war dunkel und sie konnten das Ende nicht sehen, da er um mehrere Ecken bog.

Saschas Herz schlug wie wild. Noch waren sie nicht in Sicherheit. Schließlich schob er eine hölzerne Klappe nach oben und robbte aus dem Tunnel.

Er richtete sich auf und sah sich um. Hinter ihm kam Beatrice ebenfalls auf die Beine. Die beiden standen in einer Art Foyer und ein Mann kam schnellen Schritts auf sie zu. Er trug einen dunklen Anzug und hatte ein breites Lächeln aufgesetzt.

»Herzlichen Glückwunsch, ihr habt es geschafft! In genau 59 Minuten und 23 Sekunden.« Samuel Grimm reichte Beatrice und Sascha die Hand, um ihnen zu gratulieren.

Sascha lachte erleichtert. »War schwieriger als gedacht, das muss ich zugeben, Herr Grimm.«

Beatrice nickte zustimmend und küsste Sascha auf die Wange.

»Aber es hat Spaß gemacht. Ganz abgesehen davon, dass wir jetzt ansatzweise nachfühlen können, wie es ist, im Versteck eines Psychopathen festgehalten zu werden.«

Samuel Grimm lächelte. »Ihr dürft euch hiermit offiziell *Bezwinger des Escape-Rooms ›Der Psychopathen-Keller‹* nennen.« Er überreichte ihnen eine Urkunde.

»Ah, hier sind auch schon die nächsten Gäste.« Samuel Grimm trat auf die beiden jungen Männer zu. »Ihr seid die 15-Uhr-Gruppe?«

Einer der Männer nickte. »Mein Name ist Joe. Und das ist Detlev. Unser Kumpel Dragan hat eine Überraschung für uns gebucht.«

»Sehr schön. Die Regeln sind einfach«, erklärte Grimm. »Ich schließe euch ein und ihr habt eine Stunde Zeit, um aus dem Raum zu entkommen. Keine Sekunde länger.«

»Und was, wenn wir doch länger brauchen?«, fragte Joe.

»Es wäre besser, ihr schafft es in der Zeit.«

»Tolle Antwort. Hier ist der Kunde noch König«, brummelte Detlev.

Joe klopfte seinem Freund auf die Schulter. »Coole Sache so ein Fluchtraum. Ist voll angesagt. Jetzt wissen wir wenigstens, was Dragans Überraschung ist. Ich dachte, er ist sauer auf uns, aber das klingt nach Spaß.«

Detlev rollte die Augen. »Tolle Überraschung. Stripclub oder Paintball wären mir lieber gewesen. Oder auch nur saufen.«

»Ach, komm schon«, meinte Joe. »Lass es uns versuchen.«

»Die Gebühr hat Herr Zlatko bereits bezahlt. Es kann also sofort losgehen. Hier entlang bitte«, wies sie Grimm an. »Freuen Sie sich mit mir auf eine spannende Stunde.«

Mürrisch trottete Detlev hinter Joe her. »Pah. Ich setze mich einfach in eine Ecke und warte ab, bis die Stunde vorbei ist.«

»Das würde ich nicht tun«, flüsterte Grimm, als er die Tür hinter Joe und Detlev abschloss.

Beatrice und Sascha hatten die Szene belustigt verfolgt.

»Meinst du, die schaffen das?« Seine Verlobte legte ihren Kopf erschöpft auf Saschas Schulter.

»Ich glaube schon.« Sascha surfte mit dem Smartphone im Internet. »Sieh dir die Bewertungen des Veranstalters an. Unglaublich, nur fünf Sterne, und in allen Kommentaren schreiben die Leute, dass sie es in letzter Minute geschafft haben.«

Beatrice hakte sich bei ihm ein und seufzte. »In Zeiten, in denen jeder ein Kritiker ist, ist es so unendlich wichtig, nur zufriedene Kunden zu haben.«

Garten

Höhlenmenschen

Vivian und Viktor streiften gerne durch die Ruinen. Ihr Vater hatte ihnen sogar ausdrücklich erlaubt hier zu spielen, wahrscheinlich, weil es nicht weit von ihrem Zuhause entfernt war. In den Ruinen gab es immer etwas Interessantes zu entdecken. Manchmal fand Vivian dort etwas, das ihr so gut gefiel, dass sie es mit nach Hause nahm.

Vivian beobachtete, wie ihr Bruder neben einer der Außenmauern einer Spur folgte.

»Hier ist ein Fuchs entlanggelaufen«, sagte Viktor schließlich mit sichtlichem Stolz.

Vivian kniete sich neben ihren Bruder und sah sich die Fährte genauer an. »Und er hat wahrscheinlich seine Jungen getragen. Die Abdrücke sind tiefer, als für einen Fuchs dieser Größe auf dem lehmigen Boden zu erwarten wäre.«

»Er könnte auch Beute getragen haben, oder?«, fragte Viktor vorsichtig.

»Gut gedacht, aber ich glaube nicht«, antwortete Vivian. »Dann wären irgendwo Blutspuren, Federn oder Reste von Fell entlang der Fährte zu entdecken. Es waren sicher seine Jungen. Sie wurden wahrscheinlich in einen neuen Bau gebracht, weil das Hochwasser des Flusses die Füchse aus dem Loch getrieben hat.« Vivian war stolz, dass sie ihrem zwei Jahre jüngeren Bruder noch etwas beibringen konnte. Die Natur zu verstehen war lebenswichtig für sie und ihre Familie. Ein paar Meter weiter bückte sie sich und hob einen schön geformten, fast durchsichtigen Stein auf. Vivian steckte ihn in ihren Lederbeutel, sprang auf einen Mauerrest und sah zum

Himmel. »Lass uns nach Hause gehen. Es dauert nicht mehr lange, dann wird es dunkel.«

Sie verließen die Ruinen und gingen zielstrebig auf eine Baumgruppe in der Nähe zu. Nach kaum 500 Metern hatten sie das Lagerfeuer erreicht, das ihr Vater vor ihrer Höhle entfacht hatte. Es machte den Eindruck, als wäre ihr Vater ebenfalls erst vor kurzem zurückgekehrt. Vor ihm lagen zwei tote Kaninchen, die bereits ausgenommen waren und die er nun in kleine Portionen zerteilte.

»Na, was Spannendes in den Ruinen gefunden?«, fragte ihr Vater.

»Das hier. Aber ich weiß nicht, was das ist.« Vivian zog den glänzenden Stein aus ihrer Tasche.

Ihr Vater sah kurz von dem Kaninchen auf. »Das nennt sich optische Linse. Im Allgemeinen sind Linsen aus, im sichtbaren Bereich des Lichts, durchsichtigem Material. Sie dienen dazu, Lichtstrahlen zu sammeln oder zu zerstreuen, und besitzen meist zwei lichtbrechende Oberflächen, von denen mindestens eine konvex oder konkav ist. Man kann sie aus Glas, Polymeren oder kristallinem Material, wie beispielsweise Calciumfluorid, herstellen.« Vivians Vater gab sich Mühe, ihr die Grundlagen der Optik anhand ihres Fundes so einfach wie möglich zu erklären.

»Alles klar«, sagte Vivian. »Wenn ich mehrere davon finde, könnte ich durch unterschiedliche Anordnungen zueinander Gegenstände größer oder kleiner abbilden.«

Ihr Vater nickte. »Richtig. Aber jetzt muss ich mich wieder um unser Abendessen kümmern. Mutter kommt sicher bald mit den Beeren und Wurzeln aus dem Wald.«

Vivian packte ihren Fund wieder in der Tasche und ging in die Wohnhöhle der Familie. In Vivians Bereich in der Höhle hatte sie einen Platz für solche Fundobjekte. Die Höhle im Erdboden war geräumig und bot allen Familienmitgliedern genug Platz. Es gab Wohnbereiche, Schlafbereiche und einen Vorratsraum. Alles vor Wind und Regen geschützt und mit einem Rauchabzug versehen, falls man drinnen ein Feuer machen musste. Zudem war sie im Winter warm genug und im Sommer kühl. Obwohl sie ab Frühling ohnehin alle die meiste Zeit draußen verbrachten, denn es gab genug zu tun. Vorräte für die kalte Jahreszeit sammeln, Kleidung anfertigen und gelegentlich anderen Familien einen Besuch abstatten, um zu feiern oder Dinge zu tauschen. Die meisten Familien, die sie häufiger besuchten, lebten nicht mehr als einen viertel Tagesmarsch von hier entfernt.

Vivian betrachtete ihre Höhle. Nicht jeder Clan hatte so eine gut ausgebaute Wohnmöglichkeit. Manche lebten in eher einfachen Erdlöchern, in Felshöhlen oder auch auf Bäumen. Wie viele wohl zu Tode stürzten, wenn sie nachts austreten mussten und vergaßen, dass sie sich in sieben Metern Höhe befanden?

Vivian war ihrem Großvater und ihrem Vater sehr dankbar, dass sie eine so komfortable Höhle ihr Zuhause nennen durfte.

In der Zwischenzeit näherte sich ihre Mutter ebenfalls dem Lager.

»Kommt her, Kinder, ich habe einiges gesammelt«, rief Vivians Mutter.

Sofort stürmten Vivian und ihr vierjähriger Bruder zu ihr, um zu sehen, was es heute als Beilage zu den Kaninchen gab.

Es waren hauptsächlich Beeren, aber auch größere Früchte von verwilderten Obstplantagen. Dazu Kräuter und Wurzeln und wilde Möhren.

Inzwischen brutzelten die Kaninchenteile bereits über dem Feuer und alle setzten sich daran. Der Hunger nach einem Tag an der frischen Luft war riesengroß. Vivians Mutter und Vater verteilten die Portionen und alle aßen schweigend und mit Genuss.

Nachdem sie gegessen hatten, wandte sich ihr Vater an Vivian und Viktor. »Ihr seid jetzt alt genug, um die vollständige Geschichte zu erfahren. Der Grund, warum wir hier leben und warum wir so leben, wie wir leben.« Er räusperte sich. »Ich habe euch bereits früher erzählt, dass das Grundstück, auf dem sich unsere Höhle befindet, seit Generationen unserer Familie gehört.«

Vivian und Viktor nickten eifrig.

»Allerdings hat unsere Familie früher dort drüben gewohnt, wo jetzt die Ruinen sind. An deren Stelle hat sich noch vor wenig mehr als 50 Jahren ein prachtvolles Haus befunden. Deshalb findet ihr dort drüben auch manchmal eigenartige Dinge wie die optische Linse. Sie war womöglich früher ein Bestandteil eines Teleskops oder Fernglases, das unseren Vorfahren gehört hat.«

Vivian versuchte sich vorzustellen, wie die Menschen früher in diesem Haus gelebt hatten. »Warum haben sie das Haus verlassen? Nicht, dass ich etwas gegen unsere Höhle hätte. Sie gefällt mir gut, und ich wünsche mir kein anderes Zuhause. Wir haben genug Platz, und die Aufwände, sie instand zu halten, sind minimal. Aber warum haben sich die Menschen früher die Arbeit gemacht, Mauern aufzutürmen und Häuser zu bauen, wenn jetzt alle in Höhlen wohnen?«

Ihr Vater schmunzelte. »Genau darum geht es. Viele tausend Jahre bauten die Menschen Häuser, die Bevölkerung wuchs immer mehr an. Es bildeten sich große Siedlungen und

Städte. Wissenschaft und Technik ermöglichten Fortschritte, und die Menschen lebten schließlich mit Robotern auf engstem Raum zusammen. Ihr wisst, was Roboter sind, oder?«

»Natürlich«, entrüstete sich Vivian. »Ein Roboter ist eine Apparatur, die ähnliche Aufgaben übernehmen kann wie Menschen. Sie ist aber nicht durch die biologische Evolution auf der Erde entstanden, sondern wurde entworfen.«

»Sehr gut«, lobte ihr Vater sie. »Ich wollte nur sichergehen, dass ihr mir folgen könnt. Die Menschheit griff bald nach den Sternen, flog zum Mars, um ihn zu besiedeln und plante weitere, tiefere Expeditionen ins All. Die Medizin entwickelte immer bessere Behandlungsmethoden, die Menschen wurden älter und die Bevölkerung wuchs weiter. Physiker entschlüsselten fundamentale Grundlagen von Raum, Zeit und Materie und auf der Basis ihrer Erkenntnisse entstanden virtuelle und teils künstliche Realitäten, die die Menschen wie selbstverständlich in ihren Alltag einbanden. Sogar ethisch und politisch gab es in dieser Zeit Fortschritte. Es kam immer wieder zu Kriegen und Auseinandersetzungen, aber man entwickelte Möglichkeiten, diesen zu begegnen. Davor hatte es eine Epoche gegeben, in der viele kluge Köpfe bezweifelten, ob die Menschheit überleben würde oder sich letzlich selbst auslöschen würde. Nach bereits zwei weltweiten Kriegen, die mit unglaublichen Opfern einhergingen, schien das sehr wahrscheinlich.« Ihr Vater seufzte. »Es gab in der Mitte des 20. Jahrhunderts einen Physiker, der gesagt haben soll, dass er nicht wisse, mit welchen Waffen die Menschen im 3. Weltkrieg kämpfen würden, aber im 4. würden es wieder Knüppel und Steine sein.«

»Papa, das hast du uns alles schon erzählt!« Vivian rollte mit den Augen.

»Bis hierhin, also hört jetzt gut zu. Natürlich konnte es der Mensch nicht dabei belassen, den Fortschritt durch Wissenschaft und Technik weiter zu treiben. Alles entwickelte sich weiter, nur die Menschen selbst nicht. Oder zumindest nur sehr, sehr langsam. Für viele ging das nicht schnell genug. Eine Gruppe von Biomedizinern, genannt die Evolutoren, präsentierte im Jahr 2035 ihre Idee, die Menschheit auf eine neue Ebene zu heben. Sie argumentierten, dass der Unterschied der menschlichen Gene im Vergleich zu den Genen von Menschenaffen verschwindend gering wäre. Es war jedoch offensichtlich, dass dieser minimale Unterschied dem Menschen in der Realität bereits einen unglaublichen Vorteil bot. Unterschiede, die sich in weniger als 1 % der Erbmasse ausdrückten, entschieden, ob man ein Schimpanse war oder ein Mensch.«

»Verstehe«, sagte Vivian, »aber die Genetik kann man nicht auf einfache Zahlenspiele wie dieses reduzieren. Das Zusammenspiel weniger, vermeintlich kleiner Unterschiede kann große Konsequenzen haben.«

»Korrekt, dennoch fiel ein Vorschlag der Evolutoren bei vielen Politikern und auch der normalen Bevölkerung auf fruchtbaren Boden. Die Evolutoren wollten den Menschen ein weiteres Prozent Unterschied in den Genen verpassen. Man erhoffte sich so, die geistige Kapazität der Menschen schlagartig zu erhöhen.«

»Wurde das umgesetzt?«, fragten Vivian und Viktor gleichzeitig.

Vater nickte nachdenklich. »Es ging alles relativ schnell. Die Evolutoren bekamen die Mittel, um diese Genänderung zu entwickeln und zu verbreiten. Nach sieben Jahren und vier Monaten waren die Tests abgeschlossen und alle Regierungen der Welt hielten künstlich hergestellte Viren in Händen, die in der Lage waren, sämtliche Menschen zu infizieren und ihre Gene zu verändern. Die Regierungen waren sich ausnahmsweise einig, dass alle Menschen gleichzeitig die Möglichkeit zu diesem revolutionären Evolutionsschritt erhalten mussten, da sonst das Gleichgewicht ernsthaft gefährdet wäre.«

Ihr Vater sah zum Himmel und Vivian folgte seinem Blick. Inzwischen hatten die Sterne begonnen, in der Dämmerung zu funkeln. Die Flammen des Lagerfeuers warfen einen orangeroten Schimmer auf Vivian und ihre Familie.

»Dann wurde das Virus freigesetzt. Innerhalb weniger Tage war jeder Mensch, auch in den entlegensten Winkeln der Erde, infiziert.«

»Hatte denn niemand Bedenken, ob das Virus sicher war? Es hätte bisher unbekannte und tödliche Krankheiten auslösen können. Alle Risiken lassen sich in Testreihen niemals ausschließen«, warf Vivian ein.

»Oh, es gab eine Vielzahl an Gegnern. Sie demonstrierten, sammelten Unterschriften und drangen sogar in den Sitz vieler Regierungen ein. Aber sie hatten am Ende keine Chance. Im Geheimen waren bereits Vorräte der Viren über die ganze Welt verteilt worden, die dann zu einem Stichtag von speziell ausgebildeten, unabhängigen Teams freigesetzt wurden.«

Vivian und Viktor sahen ihren Vater gebannt an. »Was ist dann passiert?«, fragte Vivian.

Ihr Vater lächelte. »Das ist passiert.« Er deutete auf sie alle, wie sie um das Feuer saßen. »Erste tiefgreifende Änderungen zeigten sich sofort. Noch deutlicher war der Effekt bei den Generationen, die nach der Veränderung durch das Virus der Evolutoren geboren wurden.«

»Die Menschen begannen mit dem gesteigerten Bewusstsein und ihrer Intelligenz zu verstehen, dass sie dabei waren, die Erde und sich selbst zu vernichten, wenn sie so weitermachten. Es war eine Erkenntnis, die niemand mühsam erlernen musste. Alle wussten es einfach. Gemeinsam wurden Pläne entworfen, wie man die Menschheit zu einem Leben mit der Natur zurückführen konnte. Nach und nach wurde das, was man zuvor Zivilisation genannt hatte, abgeschaltet, und die Menschen lernten wieder so zu leben, wie wir es heute tun. Es dauerte eine Weile, aber letztlich wurde alles gut.«

Vivian nickte verständig. »Ich bin froh, dass die Menschheit diesen Sprung gemacht hat. Und natürlich, dass das Experiment nicht schiefgegangen ist. Aber eine Frage habe ich noch.«

»Na klar, was denn, meine Kleine?«

Vivian zog ein zusammengefaltetes Stück Papier aus ihrem Lederbeutel. Sie faltete es auf und hielt es ihrem Vater hin. »Was ist das?«

Ihr Vater sah sich den Zettel an. Das alte Familienfoto spiegelte sich in seinen großen, pechschwarzen und mandelförmigen Augen. »So sahen wir früher aus.« Er kratzte sich seinen grauen, kahlen Schädel. »Vor langer Zeit.«

Gesünder leben und sterben

Karl betrachtete das hektische Treiben der Bienen und Hummeln um die Lavendelblüten. Ein Summen erfüllte die nachmittägliche Sommerluft, dass es eine wahre Pracht war.

Karl ließ den Blick über den Garten schweifen und nippte am Rotwein. »Wo bleibst du denn, Linda? Die Aussicht von unserer Veranda ist einzigartig.«

»Wirklich herrlich«, sagte Linda, als sie aus dem Haus trat. Sie schenkte Karl einen Schluck Rotwein nach und setzte sich in den Liegestuhl neben ihn.

Karl drückte Lindas Hand. »Erinnerst du dich an den Tag, an dem wir das Grundstück gekauft haben? Alles war verdorrt, die Bäume kahl. Statt einer Wiese gab es überall nur blanken Erdboden. Und was haben wir daraus gemacht? Ein Paradies! Darauf können wir in unserem Alter stolz sein.«

Linda nickte. »Das können wir. Dass wir seit zwei Jahren in Rente sind, hat aber durchaus geholfen. Sonst hätten wir für unsere drei Hektar Garten und unsere Beete sicher zu wenig Zeit.« Sie deutete auf ihre Gemüsebeete, die in einiger Entfernung neben dem Haus in saftigem Grün leuchteten.

»Stimmt, dann sähe unser Garten aus wie die anderen Grundstücke die Straße runter. Das ist eine Schande. Unsere Nachbarn haben keine Ahnung, wie man richtig düngt und bewässert.« Er zwinkerte seiner Frau zu. »Wir haben wahrlich ein grünes Händchen.«

Linda lächelte zustimmend.

Karl erhob sich aus dem Liegestuhl und ließ den Blick schweifen. Er legte die Stirn in Falten. Ein paar Meter vor der dichten Strauchhecke, die den Gartenzaun innen säumte, gab es eine Fläche, die ihn nicht zufriedenstellte. Sie ärgerte ihn sogar sehr.

»Da drüben müssen wir noch aktiv werden«, sagte er und nahm bedächtig die Stufen von der Veranda in den Garten. Er drehte sich zu Linda um. »Darum müssen wir uns schleunigst kümmern. Da fehlt unter anderem Eisen, das brauchen die Pflanzen zur Entwicklung des Blattgrüns.«

Linda schmunzelte. »Kommt Zeit, kommt blühender Garten.«

Karl nickte zustimmend. »Du hast recht.« Er setzte sich wieder neben seine Frau auf die Veranda und schloss die Augen. Der Rotwein tat seine Wirkung und er entspannte sich. Ein Nachmittagsschläfchen konnte sicher nicht schaden.

»Guten Tag! Mein Name ist Marcel Brown. Darf ich Sie stören?«

Karl riss die Augen auf. Er war eingenickt gewesen, doch jetzt stand ein Mann vor ihm auf der Veranda seines Hauses. So korpulent wie der ungebetene Besucher war, nahm er Karl noch dazu die Sonne.

Karl stand auf. »Ob Sie stören dürfen? Das tun Sie bereits. Sind Sie den ganzen Weg durch den Garten zum Haus gelaufen, ohne sich bemerkbar zu machen? Frechheit.«

Marcel Brown schien irritiert. »Nein, das hätte ich nie gewagt. Ich stand vorne an der Einfahrt, und Ihre verehrte Gattin hat gewunken, was ich als Aufforderung verstanden habe, Ihnen beiden einen Besuch abzustatten.«

Karl sah zu Linda hinüber, die zustimmend lächelte.

»Na gut, in dem Fall ist das natürlich in Ordnung. Ich war nur etwas eingenickt. Was ist der Grund für Ihren Besuch?«

Marcel Brown begann zu lächeln. »Ich verspreche, das wird Sie interessieren. Darf ich mich setzen?« Ohne eine Antwort abzuwarten, zog er einen Holzstuhl aus einer Ecke der Veranda zu sich und setzte sich. Der Stuhl knarzte bedrohlich unter Browns Übergewicht. Er wischte sich den Schweiß von der Stirn und räusperte sich. »Viele Bürger in diesem Land sind vollkommen unterversichert. Das stellt in jedem Alter eine große Bedrohung für ihr leibliches und seelisches Wohlergehen dar. Ich helfe ihnen, den Lebensabend sorgenfrei zu genießen.«

Karl wollte etwas erwidern, doch Linda legte beruhigend ihre Hand auf seine. Karl schwieg und ließ Brown weitersprechen.

»Ich biete Ihnen eine Kombinationsversicherung gegen Einbruch, Diebstahl, Raub, Sachbeschädigung und Vandalismus, mit der Sie sich und Ihr Heim günstig und effizient absichern können. Wie hört sich das an?«

Karl musterte den Mann aufmerksam von oben bis unten. »Vielleicht haben wir Interesse an Ihnen, ich meine an Ihren Angeboten«, sagte er langsam und holte sich bei seiner Frau ein bestätigendes Nicken ab.

»Sehr schön«, freute sich Marcel Brown und klappte seine schwarze Ledermappe auf. »Ich zeige Ihnen gerne die Details.«

Karl zwinkerte Linda zu. »Schatz, ich bespreche das mit Herrn Brown alleine. Du kannst dich währenddessen gerne um den Garten kümmern.«

Linda verschwand kurzerhand hinter dem Haus und Karl rückte etwas näher an Brown heran. Der stieg direkt in die Erklärung der Einzelheiten der Versicherungspolice ein und war ganz in seinem Element. Daher schien er auch nicht zu bemerken, dass Karl unauffällig an ihm schnupperte.

»Sehr interessant. Das klingt wirklich toll. Da wären wir gut abgesichert. Man weiß ja nie, was kommt«, bestätigte Karl und kratzte sich am Kinn. »Aber sagen Sie mal, was haben Sie denn heute alles gegessen?«

Brown zog die Augenbrauen nach oben. »Wie bitte?«

»Ach, meine Frau und mich interessiert, wie sich die Jugend heute ernährt. Wir wollen schließlich auch gesund leben.«

Marcel Brown lachte und wirkte verlegen. »Ich bin leider kein gutes Vorbild, was gesunde Ernährung angeht. Ich habe heute Mittag bei Burger King gegessen. Und am Morgen gab es nur Zigaretten und Kaffee. Und gestern Abend bin ich nach ein paar Bier und Chickenwings mit Blue-Cheese-Dip auf der Couch eingeschlafen.«

»Aha«, sagte Karl.

»Aber mein Lebensstil ist nur so schlecht, weil ich mich Tag und Nacht um meine Klienten kümmere und immer nach den besten Angeboten und Policen suche«, beeilte sich Brown hinterherzuschicken.

»Verstehe, verstehe.«

Einen Moment lang schwiegen die beiden, dann bog Linda um die Ecke. »Sollen wir Herrn Brown ins Haus bitte, Karl? Dort lässt sich der Vertrag sicher besser unterschreiben.«

Karl winkte ab. »Ich glaube, wir sind zu alt für eine neue Versicherung.«

Brown zog ein enttäuschtes Gesicht.

Linda ging einen Schritt rückwärts. »Wenn du meinst, Schatz.«

Karl klopfte Brown auf die Schulter. »Bitte entschuldigen Sie uns. Wir wollten Ihre Zeit nicht verschwenden. Aber ich habe zu spät bemerkt, dass das für uns nicht in Frage kommt.«

Brown seufzte. »Na gut. Ich hoffe, es lag nicht an meinem ungesunden Lebensstil.«

Linda und Karl sahen Brown hinterher, als dieser mit hängendem Kopf den Gartenweg entlang zum Tor ging. Als er um die Ecke gebogen war, wandte sich Karl Linda zu. »Er war nicht der Richtige.«

Linda zuckte die Schultern, zog ein Holzfällerbeil hinter ihrem Rücken hervor und lehnte es an das Geländer der Veranda.

Karl setzte sich. »Er trinkt, raucht und isst nur Fast Food. Der ist randvoll mit Antibiotika, Pflanzenschutzmitteln und anderen Giften. Praktisch eine wandelnde Glyphosat-Tonne. Mit ihm hätten wir nur unseren Garten verseucht. Das bekommt den Pflanzen und Tieren nicht. Glaub mir, Schatz, unser Garten braucht organischen Dünger. Früher oder später kommt schon noch einer von diesen Öko-Jüngern vorbei. Es gibt ja heutzutage immer mehr Leute, die gesünder leben wollen.«

»Und sterben«, ergänzte Linda mit einem Lächeln.

Außer Haus:
Bonusgeschichten

Die Bühne

ave wischte sich mit dem Ärmel den Mund ab. Satt lehnte er sich im Stuhl zurück und atmete zweimal tief durch. Er war für seine Show ausreichend gestärkt.

Langsam erhob er sich vom Stuhl und spulte noch einmal im Geiste sein Programm im Schnelldurchlauf ab. So viel Zeit musste sein. Hänger durfte er sich keinen leisten, er bekam nur eine Chance zu zeigen, was er konnte. Sein Publikum war alles andere als gnädig, das hatte er bereits früher erlebt.

Zu behaupten, er hätte Lampenfieber, wäre untertrieben.

»Dave! Dave! Dave!«, hörte er das Publikum jetzt skandieren. Die Rufe machten ihm einerseits Angst, aber motivierten ihn andererseits. Alles wartete auf ihn.

Er klatschte ein paar Mal in die Hände, worauf die Rufe verstummten.

»Vielen Dank!«, rief er theatralisch und verbeugte sich leicht.

»Herzlich willkommen zur großen Dave-Garret-Show, Gentlemen!« Er schwieg einen Moment. »Ich freue mich sehr, Sie heute hier begrüßen zu dürfen.« Dave lächelte kaum wahrnehmbar, nachdem er den Satz gesprochen hatte, und rieb die verschwitzten Hände aneinander.

Er holte tief Luft. »Ein Angeklagter steht vor Gericht. Der Richter sagt zu ihm: Angeklagter, Ihnen wird vorgeworfen eine undefinierbare Flüssigkeit in Flaschen abgefüllt und als Lebenselixier verkauft zu haben. Sind Sie vorbestraft? Darauf der Angeklagte: Ja, mehrmals. 1754, 1899 und 1946.«

Vereinzelte Lacher aus dem Publikum quittierten die Pointe. Keine umwerfende Reaktion, aber besser als nichts. Dave wusste, dass er nach den ersten Minuten immer besser würde.

»Ein New Yorker Cop hält einen Typen im Auto an. Routinekontrolle. Plötzlich zieht er die Waffe, zielt auf den Mann und fragt: Wo ist das kleine Mädchen? Der Mann ist total verwirrt und fragt: Welches Mädchen? Der Polizist brüllt: Ich frage nochmal, wo ist das kleine Mädchen? Der Mann fängt an zu zittern und erwidert, dass er keine Ahnung von einem Mädchen hat. Der Bulle also nochmal: Zum letzten Mal! Wo ist das kleine Mädchen? Er hält die Waffe an den Kopf des Typen. Der Mann fängt an zu heulen und zu schluchzen. Darauf steckt der Officer die Knarre weg und sagt: Na also! Da ist ja das kleine Mädchen!«

Lachen und Grölen im Publikum. Dave nickte zufrieden.

»Gehen zwei Sicherheitsdienstler mit einem Schäferhund die Straße entlang. Plötzlich hebt der eine den Schwanz des Hundes und schaut sich den Hintern des Tieres an. Was machst du da, du perverser Idiot?, fragt ihn der andere. Der darauf: Da hinten hat ein Typ gerufen, dass hier ein Hund mit zwei Arschlöchern unterwegs ist. Ich wollte nachsehen, ob er unseren meint.«

Lautes Lachen und Johlen. Dave genoss die Reaktion des Publikums. Sie gab ihm Kraft weiterzumachen.

»Drei Kumpels planen ihren Ausbruch aus dem Knast. Sagt der Fixer unter ihnen: Lasst uns zuerst einen Schuss setzen, dann können wir über die Mauer fliegen. Meint der Kokser: Ach was! Lasst uns eine Spur reinziehen, dann rennen wir durch die Mauer. Darauf der Kiffer: Wir rauchen erst mal 'ne

Tüte. Und dann verschieben wir den beschissenen Ausbruch auf morgen.«

Der Jubel übertönte die letzten Worte der Pointe, aber das war Dave egal.

Schlag auf Schlag lieferte er einen Gag nach dem anderen. Immer lauter wurden Lachen und Klatschen, immer ausgelassener das Publikum.

Als er nach etwa 20 Minuten mit dem Programm am Ende angekommen war, genoss er seinen Applaus wie ein heißes Bad. Er war auf dem Höhepunkt angekommen und nichts anderes hatte Bedeutung. Dave breitete die Arme aus, schloss die Augen und versank im Jubel seines Publikums. Tränen des Glücks rannen seine Wangen hinab.

Er hätte ewig so dastehen können, aber er wusste, dass das nicht ging.

Ein Geräusch holte ihn zurück in die Realität. Dave öffnete die Augen. Der Gefängniswärter fuhr energisch mit dem Schlagstock an den Gitterstäben von Daves Zelle entlang.

»Komm, Dave. Zeit zu gehen«, sagte der Wärter knapp.

Dave nickte, wischte sich die Tränen von den Wangen und sah kurz auf das leere Tablett hinter ihm, auf dem seine Henkersmahlzeit angerichtet gewesen war.

Der Wärter öffnete die Zellentür. Als Dave aus seiner Zelle trat, legte der Vollzugsbeamte freundschaftlich die Hand auf Daves Schulter und flüsterte »Verdammt gut gemacht, Dave. Verdammt gut!«

Aus den Zellen des Traktes brandete erneut Jubel auf, als Dave ein paar Schritte nach vorne machte. Er lächelte zufrieden. Immerhin führte ihn sein letzter Gang noch einmal an seinem Publikum vorbei.

Der Beifahrer

Ralf zog sich die Kapuze des Skianoraks über den Kopf. Der eisige Wind trieb ihm die Tränen in die Augen, während er nach unten sah und beobachtete, wie die verschneite Landschaft unter den Skiern dahinzog. Der Sessellift arbeitete sich den Hang hinauf und tauchte in dichte Nebelschwaden ein.

»Ist das kalt«, schnaubte David.

»Wenn es nicht kalt wäre, würde es nicht schneien, sondern regnen. In dem Fall könnten wir auch nicht Skifahren. Außerdem wirst du Jungspund ein bisschen Kälte wegstecken können, wenn ich alter Sack das mit meinen 60 Jahren kann.«

»Hmm«, brummte David.

Ralf schielte zu ihm hinüber, schwieg aber.

»Es war ohnehin eine blöde Idee von dir, bei diesem Wetter zum Skifahren zu gehen«, sagte David und spuckte in die weiße Leere.

»Mir war eben danach.« Ralf drehte den Kopf nach rechts. »Sag mal, David, denkst du noch an Claudia?«

»Was? Natürlich!«, erwiderte David. »Auch wenn seit dem Unfall fast drei Jahre vergangen sind, denke ich jeden Tag an deine Tochter.«

»Ist das so?«, fragte Ralf.

»Ja, ist es.« David musste beinahe schreien, um gegen den pfeifenden Wind anzukommen. »Wir hatten nicht immer die beste Ehe, aber ich habe sie geliebt. Sehr.«

Ralf starrte nach vorne. »Ich auch.« Der Sessellift wurde von einer Windbö durchgeschüttelt. »Erzähl mir noch einmal von eurem letzten Abend.«

David zögerte. »Muss das wirklich sein? Das reißt doch nur alte Wunden auf.«

»Ich würde es gerne hören. Tu mir den Gefallen. Claudias Andenken zuliebe.«

»Na gut. Aber du kennst die Geschichte. Ein paar Kumpels hatten eine Party organisiert und wir fuhren hin. Es war ziemlich langweilig und früher oder später mussten Claudia und ich auf unsere Firma zu sprechen kommen. So war es ja immer. Claudia wollte unabhängig bleiben, aber ich war der Meinung, dass wir langfristig nur durch Expansion überleben konnten, und dafür brauchten wir mehr Kapital. Wir lieferten uns ein Wortgefecht und wurden zum Mittelpunkt des Abends. Sie hat mich in Grund und Boden argumentiert.«

Ralf lächelte traurig. »Ja, so war mein Mädchen. Dickköpfig und klug. Aber ihr hättet euch nicht immerzu in der Öffentlichkeit streiten sollen. Eines Tages tut es einem leid, wenn man im Streit auseinandergeht. So wie bei euch …«

»Meine Rede. Deshalb hatte ich Claudia vorgeschlagen, lieber noch in die Spätvorstellung ins Kino zu gehen, als uns vor aller Augen auf der Feier anzugiften. Während der Vorstellung im Kino konnten wir uns wenigstens nicht streiten. Und danach wären unsere Gemüter abgekühlt gewesen.«

»Aber ihr seid nicht bis zum Kino gekommen, oder?«

»Nein, sind wir nicht. Claudia wollte fahren, weil ich ein wenig getrunken hatte. Aber sie war bei Nacht keine gute Autofahrerin und die Landstraße war kurvig. Sie ist von der Straße abgekommen und das Letzte, an das ich mich erinnere, ist, wie der Baum auf mich zuraste. Dann ein Blitz und Dunkelheit. Und dann ...« David schüttelte den Kopf.

Eine Träne drang aus Ralfs Augenwinkel und gefror sofort auf seiner Wange.

David räusperte sich. »Und einige Stunden später wurden wir von einem Anwohner gefunden. Als mich der Notarzt untersuchte, teilte er mir mit, dass Claudia den Aufprall nicht überlebt hatte. Sie hatte keine Chance, weil sie sich nicht angeschnallt hatte.«

Ralf seufzte tief. »Tragisch, dass Claudia nicht angeschnallt war. Sie war sonst so gewissenhaft.«

»Der Gurt hätte ihr das Leben gerettet. So wie mir.«

»Stimmt. Du warst nur leicht verletzt.«

David runzelte die Stirn. »Angenehm war es trotzdem nicht«, sagte er sichtlich empört. »Ich hatte überall Prellungen.« Er deutete auf seinen Oberkörper. »Und ich musste danach mit dem Verlust meiner Frau klarkommen«, setzte er nach.

»Natürlich. Was ist eigentlich zwischen dem Aufprall und dem Zeitpunkt passiert, als ihr gefunden wurdet?«

»Was soll schon passiert sein? Ich war bewusstlos, während Claudia tot am Lenkrad hing.« David schnaubte. »Das ist nicht lustig, Ralf! Ich will nicht mehr darüber reden.«

»Aber ich.«

Der Lift schüttelte Ralf und David ordentlich durch, als der Sessel über die Rollenbatterie der Seilbahnstütze lief, die sich auf halber Strecke zur Bergstation befand. Die nächste Stütze konnte man aufgrund des Nebels nicht einmal erahnen.

»Obwohl ich immer vermutet habe, dass du Claudia loswerden wolltest, habe ich dir deine Geschichte tatsächlich geglaubt. Bis letzte Woche.«

David rutschte auf seinem Sitz hin und her. »Wovon sprichst du?«

»Ich weiß, was wirklich geschehen ist.«

David zuckte die Schultern. »Aha, dann weih mich ein.«

»Man muss nur eins und eins zusammenzählen. Vielleicht sollte ich mit meinen Gedanken zur Polizei gehen und ...«

»Zur Polizei? Bist du irre? Weswegen?«, unterbrach ihn David.

»Letzte Woche habe ich die Kiste mit den Fotos aus dem Keller geholt. Weißt du warum? Um mich auf Claudias dritten Todestag vorzubereiten.«

»Dritter Todestag«, stotterte David und überlegte. »Verdammt, der ist heute.« Er schluckte und sah in Ralfs versteinerte Miene.

»Du musst sie tatsächlich sehr vermissen«, spottete Ralf und seine buschigen Augenbrauen zogen sich zusammen. »Darauf will ich aber nicht hinaus. Sondern darauf, dass in der Kiste auch eine Kopie des Unfallberichts der Autoversicherung lag.«

David zögerte. »Und?«

»Du warst damals der Beifahrer, oder?«

»Das weißt du bereits! Und ich habe es dir vorhin noch einmal erzählt.«

Ralf nickte. »Du hattest eine Prellung auf dem Jochbein und deine Lippe war aufgeplatzt?«

»Genau.«

»Im Unfallbericht ist ein Foto des Wagens und man kann sehen, dass die Frontscheibe auf der Beifahrerseite völlig zerstört ist. Und die Reste sind voller Blut. So, als wäre jemand mit dem Kopf dagegengeschleudert. Das war viel mehr Blut, als je aus deiner Lippe hätte kommen können.«

David sah nach vorne und kniff die Augen zusammen. »Du spinnst. Eine aufgeplatzte Lippe kann verdammt stark bluten. Und der Airbag hat die Frontscheibe zerstört und mein Blut darauf verteilt.«

»Zuerst dachte ich auch, dass ich mich in etwas hineinsteigere. Aber dann habe ich den Mann angerufen, der euch am Tag des Unfalls gefunden hat. Er konnte mir meinen Eindruck vom Foto bestätigen. Und noch etwas war ihm aufgefallen, das er aber nie zu Protokoll gegeben hatte. Als er euch im Auto oberflächlich untersucht hat, fiel ihm auf, dass ein Bluterguss auf deinem Oberkörper von deiner linken Schulter zur rechten Hüfte verlief. Der Bluterguss stammte scheinbar vom Gurt. Wärst du auf dem Beifahrersitz gesessen, wäre der Bluterguss von deiner rechten Schulter zur linken Hüfte verlaufen.«

David sagte nichts.

Ralf klammerte sich am Rahmen des Sessellifts fest. »*Du* warst der Fahrer. Du hast Claudias Gurt gelöst, kurz bevor du absichtlich gegen den Baum gefahren bist. Nachdem das Auto stillstand und Claudia tot war, hast du sie auf den Fahrersitz gesetzt und dich auf den Beifahrersitz. Dann hast du gewartet, bis ihr gefunden wurdet.«

»Das ist Unsinn und das wirst du nie beweisen.«

»Das ist mir egal. War es so?«, fragte Ralf.

David schwieg eine Weile und seufzte. »Du weißt doch, wie deine Tochter war. Sie hat mir das Leben zur Hölle gemacht. David, tu dies! David, lass das! Tagein, tagaus! Ich war nicht mehr Herr meines eigenen Lebens.«

»Sie wusste immer schon, was sie wollte. Schon als Kind. Davon konnten Martha und ich ein Lied singen. Sie war wirklich schwierig.« Ralf nickte nachdenklich.

»Sie war so ... so dominant. Ich fühlte mich von ihr erdrückt.« David schüttelte den Kopf. »Wir waren anderer Meinung, wie wir unser Geschäft führen sollten, und stritten uns die ganze Autofahrt. Sie konnte nicht aufhören mich zu beschimpfen und mir zu erklären, wie dumm ich war. Plötzlich überkam es mich. Ich raste auf den Baum zu. Sie schrie. Im letzten Moment griff ich nach ihrer Gurtschnalle und löste sie. Ich wollte sie einfach nur zum Schweigen bringen. Ob es mich dabei auch erwischt, war mir beinahe egal. Mir sind völlig die Sicherungen durchgebrannt.«

»Du Schwein hast sie umgebracht. Deine eigene Frau.«

»Es tut mir leid. Du musst mich verstehen. Es war nicht geplant. Ich war so wütend und hatte mich nicht mehr unter Kontrolle.«

Ralf schluckte. »Vielleicht hast du die Kontrolle verloren. Vielleicht war es auch anders. Was feststeht, ist, dass sie meine einzige Tochter war.«

David schwieg.

»Du hast sie getötet, weil du nicht Manns genug warst, ihr die Stirn zu bieten.«

»Ja, aber ...«

»Sei still. Sei einfach nur still!«, sagte Ralf scharf. »Dass du schon am Tag nach Claudias Tod einen Investor getroffen hast, um die Firmenanteile zu verkaufen, war wohl nur ein Zufall?«

»Wie hast du das heraus...?« David schluckte und rutschte unruhig auf seinem Sitz hin und her.

Ralf fasste in seine linke Jackentasche und mit einer geschickten Bewegung flippte er die Kappe von der Spritzenkanüle. Über 30 Praxisjahre als Landarzt sorgten für eine gewisse Übung. Er legte die Hand auf Davids Schulter.

Noch ehe dieser reagieren konnte, jagte er die Spritze durch Davids Daunenparka in dessen Arm.

»Aua, verd…«

Ralf zog die leere Spritze aus Davids Arm. »Nicht so zimperlich. Das war doch nur ein kleiner Pikser. Nur ein Betäubungsmittel.«

David rollte mit den Augen. Ralf beobachtete ihn genau. Einen Moment später sackte Davids Kinn auf die Brust und er rührte sich nicht mehr.

Ralf sah durch das Schneegestöber zur Bergstation. Sie war schon nah und er musste sich beeilen.

Mit einer geschickten Bewegung schob Ralf Davids Ski von den Auflagen und zog den Sicherheitsbügel nach oben. Ein leichter Schubs genügte und David rutschte aus dem Sessel und fiel. Kurz darauf hörte Ralf, wie Davids Körper im Tiefschnee 20 Meter unter ihm landete. Ein Geräusch wie das eines dicken Daunenkissens, das man jemandem auf den Kopf schlägt.

Ralf lächelte zufrieden.

Eine Minute später stieg Ralf in der Bergstation aus dem Sessel und machte eine paar Schwünge weg von der Seilbahn. Er blieb stehen und zog sein Handy aus dem Anorak. Er wählte die Nummer von Kommissar Heizinger.

»Hallo, Heizinger am Apparat.«

»Guten Tag, Herr Kommissar. Hier spricht Ralf Berger. Ich wollte Ihnen Bescheid geben, dass Sie recht hatten mit Ihrer Vermutung.«

»Bezüglich Ihres Schwiegersohns?«, fragte Kommissar Heizinger.

»Ex-Schwiegersohn, um genau zu sein. Ja, er hat gestanden, dass er meine Tochter mit dem vorgetäuschten Autounfall getötet hat. Ich habe alles mit ihrem Aufnahmegerät mitgeschnitten.« Ralf tastete nach dem Rekorder im Anorak.

»Sehr gut, Herr Berger. Bitte schicken Sie mir das Gerät mit den Aufzeichnungen.«

»Das mache ich. Und dann?«

»Sie müssen nichts unternehmen. Wir holen Ihren Ex-Schwiegersohn ab und ihm wird der Prozess gemacht.«

»Verstehe. Ich hoffe, ich habe ihn nicht misstrauisch gemacht. Sonst setzt er sich vielleicht ab.« Ralf sah an die Stelle am Berghang, wo er zwischen Bäumen im zwei Meter tiefen Schnee Davids Körper vermutete.

»Wir beeilen uns«, sagte Kommissar Heizinger knapp. »Sie sind übrigens schwer zu verstehen, es ist ziemlich laut bei Ihnen. Klingt windig.«

»Ich stehe auf dem Balkon. Brauche frische Luft, wenn Sie verstehen.«

»Natürlich. Bis bald, Herr Berger.«

Ralf steckte das Handy in den Anorak und machte sich auf den Weg den Hang hinunter. Er würdigte die Stelle, an der man im nächsten Frühjahr – nach der Schneeschmelze – eine Leiche finden würde, keines weiteren Blickes. Etwa vier Monate Zeit zu planen, wo er seinen Lebensabend verbringen wollte. Endlich konnte er mit der Vergangenheit abschließen. Seit drei Jahren fühlte Ralf sich zum ersten Mal wieder halbwegs gut. Er hatte nicht gedacht, dass es so leicht sein würde, Gerechtigkeit zu üben.

Kommissar Heizinger beobachtete das Ortungssignal auf dem Bildschirm. Es stammte vom Aufnahmegerät in Ralfs Tasche.

Von einem Balkon in Ingolstadt wurde es nicht gesendet, eher von einem Skigebiet in den Alpen.

Heizinger rieb sich die Schläfen. Das war keine leichte Entscheidung. Nach einer halben Stunde löschte er den Eintrag des Gerätes aus der Liste. Eigeninitiative und die Entlastung des Justizsystems wurden heutzutage zu selten belohnt.

Schlag um Schlag

Schlag auf Schlag prasselte auf Scott ein. Er stand in einer Ecke des Rings und versuchte sich vor den Haken und Geraden des Herausforderers zu schützen. Scott hatte seinen Gegner unterschätzt. Im Training hatte er den Warnungen seines Coaches keinen Glauben geschenkt, dass der junge Boxer ein Talent war und dass er Scott gefährlich werden konnte.

Der Gong läutete das Ende der vorletzten Runde ein.

»Ich hab es dir gesagt, du arroganter Idiot!«, beschimpfte ihn der Trainer.

Scott sackte auf den Hocker und schnaufte wie eine Dampflok.

»Wenn du die letzte Runde nicht eindeutig gewinnst, dann ist es mit deinem Titel vorbei.«

Scott nickte unkoordiniert.

»Wenn du verlierst, kannst du dich von da an selbst trainieren«, setzte sein Coach nach.

Scott brachte kein Wort heraus und hörte die Beschimpfungen und Ratschläge kaum, so benebelt war er von den vielen direkten Treffern. Er konnte nur einen Gedanken fassen, als er zur letzten Runde in den Ring ging. Er musste einen ordentlichen Kopftreffer bei seinem Gegenüber landen.

Entschlossen ging er auf seinen Gegner zu, zielte auf dessen Kinn, holte aus und schlug zu. Im selben Moment traf ihn ein Schlag an der Brust. Scott schrie wie ein Kleinkind, dem man das Spielzeug weggenommen hatte.

Ihm wurde schwarz vor Augen und er fiel wie ein nasser Sack zu Boden.

Scott öffnete die Augen. Er versuchte es zumindest. Nach einiger Zeit gelang es ihm und er sah sich orientierungslos um.

Er lag auf dem Rücken und hatte keine Ahnung, wo er war. Es war auf jeden Fall nicht der Boxring.

Ein grelles Piepsen drang in sein Bewusstsein.

Seine Brust schmerzte und er wollte sich an die Rippen fassen, aber er konnte nicht. Scotts Arme waren mit Kabeln und Schläuchen fixiert.

Während Scott mehr und mehr zu sich kam, erkannte er, dass er in einem Krankenhaus lag.

»Unser kämpferischer Patient ist wach«, hörte Scott jemanden sagen.

Scott drehte den Kopf zu der Stimme. Ein Arzt und eine Krankenschwester standen neben ihm.

»Sie sind wirklich zäh«, sagte der Arzt und sah auf Scotts Krankenakte. »Sie hatten allerdings auch unglaubliches Glück.«

»Wa... wa...?«, stammelte Scott. Mehr brachte er nicht hervor.

»Was mit Ihnen passiert ist? Fühlen Sie sich stark genug, das zu erfahren?«

Scott nickte so deutlich, wie er es vermochte.

»Gut. Sie erinnern sich an den Boxkampf?«, fragte der Arzt.

Scott nickte erneut.

»Die Kurzversion ist, dass Ihnen Ihr Gegner im Ring eine Rippe gebrochen hat. Ein Teil des Knochens hat Ihr Herz verletzt. Das Ergebnis war eine Art mechanischer Herzinfarkt.«

Scott sah den Arzt an, als hätte er ihn nicht verstanden. Er atmete tief.

»Direkt nachdem Sie zu Boden gegangen sind, hat man Sie hierhergebracht. Wir haben in einer Notoperation festgestellt, dass Ihr Herz so schwer geschädigt wurde, dass wir es durch ein Spenderherz ersetzen mussten.«

Die medizinischen Geräte, an die Scott angeschlossen war, quittierten diese Information mit einem beschleunigten Piepen.

Der Arzt gab der Krankenschwester ein Zeichen, die Dosis der Schmerzmittel, die in Scotts Kreislauf flossen, zu erhöhen.

»Das wird Sie etwas beruhigen, damit Sie die Nachricht in Ruhe verarbeiten können.«

Scott spürte, dass die Schmerzen in seiner Brust nachließen.

»Sie hatten großes Glück. Normalerweise kann man nicht davon ausgehen, dass in so einer Situation ein brauchbares Spenderherz verfügbar ist. Die Transplantation verlief glatt, und soweit ich es heute beurteilen kann, wird Ihnen das Herz noch viele Jahre gute Dienste leisten.«

Scott wusste nicht, ob er erleichtert sein sollte. Er fühlte sich unendlich erschöpft. Das war selbst für einen Profiboxer zu viel, um es sofort zu verdauen.

Er schloss die Augen und hoffte, dass ihn die Schmerzmittel bald ins Reich der Träume schicken würden. Er konnte morgen noch darüber nachdenken.

Bald verlangsamte sich sein Herzschlag. Scott schloss die Augen und fing an zu dämmern. Entfernte Stimmen drangen an sein Ohr, aber er wusste nicht, ob es Traum oder Wirklichkeit war.

»Wollten Sie es ihm nicht sagen, Dr. Kienbaum?«, hörte er eine Frauenstimme fragen.

»Was sollte ich ihm sagen wollen, Schwester?«

»Es wird ihn interessieren, dass das Spenderherz von seinem Boxgegner stammt, meinen Sie nicht?«

»Nein, das muss er nicht wissen.«

Scott fühlte, wie jemand die Hand auf seine Schulter legte. »Er hat genug an der Bürde zu tragen, dass er dem Herausforderer mit dem letzten Schlag das Genick gebrochen hat.«

Kinofreundschaft

Ausgehen machte Markus keinen Spaß. Die Welt da draußen machte ihm seit einiger Zeit immer mehr Angst. Alles war so schnelllebig, so oberflächlich und so chaotisch geworden.

Aber um Bekanntschaften zu schließen, musste man eben nach draußen. In seiner Wohnung darauf zu warten, dass ihn eine Frau ansprach, wäre so, als würde er erwarten eine Sonnenbräune zu bekommen, wenn er mit Jacke in seiner dunklen Wohnung saß.

Markus kämmte seine duschnassen Haare nach hinten und suchte alles zusammen, was er mitnehmen wollte. Er zog seinen besten Kapuzenpulli an, atmete dreimal tief durch und ging dann vor die Tür.

Die Spätvorstellung im Kino sollte es heute sein. Die Verfilmung der Vampirromanze, die bereits als Roman ein Bestseller war, würde bestimmt jede Menge weibliches Publikum anziehen. Davon vielleicht die eine oder andere noch Single. Das wäre seine Chance, und er hatte sich dieses Mal sogar vorbereitet. Zwar mochte er keine Vampirromane, aber immerhin hatte er zwei davon gelesen, um nicht ganz unvorbereitet in ein Gespräch zu gehen. Unterhaltungen fielen Markus ohnehin schwer, da war es ideal, wenn er den Einstieg über ein Buch finden konnte.

Auf dem Weg zum Kino ging Markus seine Bekanntschaften der letzten Monate im Geiste durch. Er hatte es nie geschafft, etwas Längerfristiges daraus werden zu lassen. Alle

Freundschaften waren schon während des ersten Treffens wieder zu Ende gegangen.

Er fragte sich manchmal, ob es auch anderen Männern um die 40 so ging. Man sagte ihm häufig, er sei im besten Alter, aber es gelang ihm nicht, etwas daraus zu machen.

In einiger Entfernung tauchte das Kino auf. Markus bekam eine Gänsehaut und beschleunigte seinen Schritt. Wenn er jetzt langsamer würde, dann verließ ihn vielleicht noch der Mut.

Glücklicherweise war die Warteschlange vor dem Kino nicht allzu lang. Ein volles Kinofoyer und ein restlos besetzter Kinosaal waren keine guten Voraussetzungen, jemanden kennenzulernen.

Er kaufte sich ein Ticket für *Bisssinnungslose Liebe – Teil 2* und fragte sich, ob der englische Originaltitel genauso dämlich war. Für Popcorn und Cola musste er sich nicht einmal anstellen. Er kaufte eine kleine Portion, da es ihn entspannte, wenn er etwas zu knabbern hatte. Markus betrat den Kinosaal und sah sich um. Es waren nur etwa 25 Besucher im Saal, und da es freie Platzwahl gab, setzte er sich in die vierte Reihe von hinten.

Er suchte die Reihen nach Kinobesucherinnen ab, die alleine hier waren. Doch er entdeckte leider keine. Offenbar gingen alleinstehende Frauen ebenso ungern aus wie er selbst.

Sollte er sich den Film dennoch ansehen? Eigentlich war es Zeitverschwendung. Aber er entschloss sich zumindest so lange zu bleiben, wie er benötigte sein Popcorn zu essen, das hatte er schließlich bezahlt.

Markus schüttelte den Kopf. Da schwärmten reihenweise bezaubernde junge Damen für Vampire, und er selbst blieb unbeachtet. Dabei stank er nicht einmal nach geronnenem Blut aus dem Mund. Ihm war das unerklärlich.

Offenbar ging es dem jungen Mann drei Reihen hinter ihm genauso.

Markus horchte in die Richtung des jungen Pärchens, während auf der Leinwand ein Vampir mit einem Polizisten um eine schmachtende Büroassistentin kämpfte.

»Den Schund sehe ich mir nicht an ... totaler Unsinn ... ein Bier trinken ... warte draußen auf dich ...«, hörte Markus einige Wortfetzen, die der Typ seiner Freundin zuflüsterte.

Markus drehte den Kopf zur Seite und sah aus dem Augenwinkel, wie der junge Mann aufstand, sich aus der Reihe schlich und seine Begleiterin im Kino zurückließ. Diese sah ihrem abtrünnigen Freund noch einen Moment hinterher, blieb aber sitzen.

Markus wartete fünf Minuten. Der Junge kam nicht zurück. Das Mädchen blieb sitzen. Das war seine Chance.

Leicht gebückt rutschte er aus seiner Reihe heraus und schlich drei Reihen nach hinten.

»Darf ich? Von dem Platz aus sehe ich besser«, flüsterte Markus dem Mädchen zu. Ohne eine Antwort abzuwarten, ließ er sich auf dem Platz nieder.

Mit einem entgeisterten Blick sah ihn die junge Frau einen Moment lang an. Dann drehte sie ihren Kopf wieder zur Leinwand und zuckte die Schultern.

Für Markus war das bereits ein erster Sieg. Er konnte hier sitzen bleiben. Jetzt durfte er keinen Fehler machen.

Er aß etwas Popcorn und tat so, als ob er gebannt den Film verfolgte.

Nach etwa einer Viertelstunde rutschte er ein paar Zentimeter weiter in Richtung des Mädchens. »Toller Film, gut gemacht, aber ich fand das Buch trotzdem besser«, flüsterte er ihr zu.

Das Mädchen nickte.

»Ich glaube, der dritte Teil kommt bald raus. Wenn du mich fragst, ich vermute, dass darin enthüllt wird, dass der Vater von Brian kein Vampir, sondern ein Waldelf war. Deshalb hat er keine Probleme mit der Sonne.«

Das Mädchen drehte ihren Kopf zu ihm. »Meinst du?«

»Ist nur so eine Idee. Aber könnte sein, oder?« Er lächelte ihr zu. »Hi, ich heiße Markus. Und du?«

»Jasmin. Lass uns zusammen den Film ansehen.«

»Natürlich.« Markus nahm wieder etwas Popcorn. Er wusste, dass normale Menschen im Kino nicht gerne plauderten, aber er hatte immerhin ihren Namen erfahren.

Markus fragte sich, ob Jasmin bereits 18 war. Obwohl sie sich nicht so benahm, sah sie sehr jung aus. Er hatte schließlich seine Prinzipien. Minderjährige kamen nicht in Frage.

Nervosität machte sich in Markus breit. Es war eine Art Prickeln in seiner Nackengegend, und er wusste, dass das ein Zeichen war, dass er handeln sollte. Er kramte in der Tasche seines Pullovers.

Markus fasste sich ein Herz. »Wollen wir nachher noch was trinken gehen?«

Jasmin sah ihn an, drehte sich dann aber wieder zur Leinwand. »Ich bin mit meinem Freund da. Er wartet im Foyer.«

Markus zuckte die Schulter. »Kein Problem, wir nehmen den Hinterausgang, da sieht er uns nicht. Ich glaube, er behandelt dich nicht so, wie du es verdienst. Er muss seine Lektion lernen, finde ich, dass man eine so tolle Frau wie dich nicht einfach alleine hier herumsitzen lässt.«

»Meinst du?«, fragte Jasmin und wirkte unsicher.

»Natürlich! Du musst ihn etwas zappeln lassen. Wir gehen was trinken, du kommst erst spät nach Hause. Er wird sich merken, dass er das nicht noch einmal macht.«

Jasmin nickte. »Du hast vielleicht recht. Eine kleine Lektion schadet ihm nicht. Lass uns den Film zu Ende ansehen und dann gehen wir schnell hinten raus.«

Markus lächelte zufrieden.

Als der Abspann startete, griff Markus erneut in die Tasche seines Pullovers. Er fühlte den Stahl des Klappmessers. Es war geschärft wie immer. Er säuberte es nach jedem Mal immer akribisch und schliff es danach. Er hatte immerhin den Anspruch, dass es mit einem glatten Schnitt erledigt war.

Markus erhob sich aus dem Kinosessel. »Lass uns gehen. Ich kenne eine nette Bar in der Gegend. Die haben noch offen und die besten Cocktails der Stadt.«

Er ging aus der Sitzreihe, aber bevor er das Ende erreicht hatte, stand ein junger Mann vor ihm und lächelte ihn an.

Es sah aus wie Jasmins Freund, aber was Markus sah, konnte nicht sein. Er drehte sich um und blickte direkt in Jasmins Gesicht.

Sie öffnete ihren Mund und im Schein des flimmernden Abspanns auf der Kinoleinwand sah er ihre spitzen Eckzähne. Sie sahen genauso aus wie die bei ihrem Freund.

»Oh mein Gott«, murmelte er.

Jasmin legte den Kopf schief. »Hast du wirklich geglaubt, dass sich *normale* Menschen in der Spätvorstellung einen Film wie *Bisssinnungslose Liebe* ansehen? Und hast du dich nicht gefragt, warum hier im Kino niemand Cola oder Popcorn dabei hat außer dir? Auch keine Nachos oder M&M's? Gar nichts? Kommt dir das nicht seltsam vor?«, fragte Jasmin. Markus roch ihren fauligen Atem.

Wie auf Kommando standen alle Kinogäste auf und sahen Markus an. Jeder von ihnen öffnete den Mund und er konnte im flimmernden Schein der Leinwand ihre Zähne sehen.

Ausgesetzt

Kevin irrte ziellos im Wald herum und fluchte laut.
»Diese elenden Arschgesichter. Die haben mich ausgesetzt, mitten im Nirgendwo«, schrie er den Baum neben sich an. Doch der antwortete natürlich nicht. Und auch sonst niemand. Er war allein. Und bald würde es dunkel werden, keine schöne Vorstellung.

Kevin horchte angestrengt. Kein Geräusch, das ihm einen Hinweis darauf geben konnte, in welche Richtung er laufen sollte. Nur Trampelpfade, die mal hier-, mal dorthin verliefen, ohne Wegweiser oder Markierungen.

Seine Einzelkämpferausbildung hatte Kevin vor etwa fünf Jahren abgeschlossen, aber er war definitiv aus der Übung, was das Überleben in der Wildnis betraf.

Er hatte nicht einmal einen Schlafsack bei sich. Ganz zu schweigen von Verpflegung oder Getränken. Die gesamte Ausrüstung befand sich noch im VW-Bus. Und Kevins Kameraden waren damit davongefahren.

Nun blieb ihm nichts anderes übrig, als geradeaus zu laufen. Es zumindest zu versuchen, ohne Kompass.

Langsam bekam er Durst. Ob ihn seine Kampfgefährten absichtlich zurückgelassen hatten? Vielleicht damit die Verpflegung länger für sie reichte? Oder war es nur ein Versehen gewesen? Schwer zu glauben.

Kevin war nur für einen Moment unachtsam gewesen und hatte sofort den Anschluss verloren. Er seufzte und sah zum Horizont, wo die Sonne unterging. Das Schauspiel der Farben konnte ihn nicht darüber hinwegtäuschen, dass es bald dramatisch abkühlen würde.

Wenig später sah Kevin kaum mehr die Hand vor Augen. Es drangen weder Sternen-, noch Mondlicht, zu ihm vor.

Kein Grund zu heulen. Er war kein kleines Mädchen. Kevin beschloss, weiter geradeaus zu laufen, um eine Lichtung oder einen Fluss zu erreichen. Dort war es wesentlich einfacher zu navigieren und zu entscheiden, ob er die Nacht in einem provisorischen Lager verbrachte oder weiterwanderte.

Es wurde kälter und Kevin ging schneller, um sich aufzuwärmen. Dabei musste er höllisch aufpassen, dass ihm kein Ast ins Auge stach oder er über eine Wurzel oder einen Fels stolperte.

Was, wenn er wilden Tieren begegnete? Wölfe gab es hier sicher, vielleicht sogar Bären. Er griff an seinen Gürtel und suchte sein Messer. Doch das steckte in seinem Rucksack. Und der Rucksack lag im Kofferraum des VW-Busses. Genau wie sein Handy.

Was für ein verdammter Mist! Bestimmt hatten sich seine Kameraden alles unter den Nagel gerissen. Ex-Kameraden!

»Diese Arschgesichter!« Wut stieg in Kevin auf. Sie wärmte ihn, aber machte ihn auch unachtsam. Er stolperte über eine große Wurzel und fiel der Länge nach hin.

Kevin hielt sich sein Knie. »Verdammte Scheiße!«

Er rollte sich auf den Rücken und biss die Zähne zusammen. Wenn er nicht mehr laufen konnte, dann würde das hier draußen das Aus für ihn bedeuten. Mühsam rappelte er sich auf und belastete vorsichtig sein rechtes Bein. Er schrie vor Schmerzen, und sein Geheul hallte durch den Wald wie das eines verwundeten Wolfs.

Kevin blies die Backen auf und pustete die Luft langsam wieder aus, um sich zu beruhigen.

Jetzt entschied sich, ob er wirklich hart war. Er würde durchkommen. Wenn er seine Kameraden eines Tages wiedersah, würde er in ihre verdutzten Gesichter blicken und ihnen dann ordentlich den Marsch blasen.

Humpelnd schlug er sich durchs Unterholz. Es kam ihm wie Stunden vor, während er sich mit kaum erträglichen Schmerzen durch den Wald kämpfte.

Nachdem er einen Hang mehr hinunter geschlittert als gelaufen war, entdeckte er zwischen Baumwipfeln einen orangeroten Schimmer. Wenn es eine Siedlung war, konnte das seine Rettung bedeuten.

Oder brannte der Wald dort? War es ein Feuer, dann müsste er, so schnell er konnte, in die andere Richtung laufen.

Er entschied sich weiterzugehen, aber beim kleinsten Anzeichen von Gefahr kehrtzumachen. Je näher er dem Licht kam, desto sicherer wurde er, dass er es geschafft hatte.

Der Schein wurde immer heller und ein paar Minuten später erkannte er das orange-gelbe Symbol einer Muschel hoch oben auf einem Mast.

Kevin atmete tief durch. Er hoffte inständig, dass die Tanke ihm um diese Uhrzeit noch Bier verkaufte. Die Fahrt zum Rock am Ring hatte er sich anders vorgestellt. Das nächste Mal musste er besser aufpassen, bei der Pinkelpause nicht zu weit in den Wald hineinzulaufen.

Der Nachtarbeiter

Flink schlüpfte Ibrahim in die Latexhandschuhe. Er sah sich um und lächelte zufrieden. Niemand anderes war mehr im Labor. Um diese Uhrzeit arbeitete kaum noch jemand im Institut, und Ibrahim hatte alle Geräte für sich allein.

Vereinzelt leuchteten Fenster auf der gegenüberliegenden Seite des Gebäudekomplexes in die Nacht hinaus. Wahrscheinlich hatten die Mitarbeiter nur vergessen, das Licht auszuschalten. Dem Sicherheitsdienst war es verboten, die Labors zu betreten.

Routiniert griff Ibrahim nach Kolben, Bechergläsern und winzigen Plastikreagenzgefäßen. Er wog ab, rührte und pipettierte, was das Zeug hielt.

Ibrahim wischte sich den Schweiß mit dem Handrücken von der Stirn.

Er hatte es fast geschafft. Ein Geräusch ließ ihn zusammenzucken. War da jemand auf dem Flur? Panik überkam ihn. Seine Kollegen durften auf keinen Fall mitbekommen, was er hier tat. Erst recht nicht sein Chef.

Nachdem er für ein, zwei Minuten mucksmäuschenstill war, arbeitete Ibrahim vorsichtig und leise weiter.

Sollte heute die Nacht der Nächte sein? Es sah ganz so aus, als würde er die Arbeiten abschließen können. Was dann? Ibrahim atmete erschöpft aus. Die Konzentration verlangte ihm alles ab. Ein Fehler und die Ergebnisse der letzten Monate wären vernichtet.

Er zitterte und endlich löste sich seine Anspannung. Er weinte vor Freude. Beim Betrachten der Ergebnisse bekam er eine Gänsehaut.

Morgen würde die Welt einen Knall erleben, wie es ihn noch nie zuvor gegeben hatte. Er verschloss das Reaktionsgefäß sorgfältig und umwickelte es mit einer Folie.

Jetzt musste er sich nur noch eine geeignete Laborbank suchen. Ibrahim kannte die Labormitarbeiter, die tagsüber hier arbeiteten, nicht persönlich. Aber er sah ihre Bilder jeden Abend auf den Postern an den Wänden des Flurs. Hoffnungsvolle Nachwuchswissenschaftlerinnen und -wissenschaftler blickten ihn von dort an. Ebenso technische Assistenten, Laboranten und Professoren. Ibrahim rieb sich die ergrauten Schläfen. Das war eine schwere Entscheidung. Er würde schließlich mit seiner Auswahl ein Leben beenden, so wie es heute war.

Er betrachtete eines der Fotos genau und nickte dann zufrieden. Dr. Susanne Frobe, Diplombiologin. Sie hatte ein gewinnendes Lächeln, wirkte aber klug und bescheiden, was noch viel wichtiger war. Zumindest sah Ibrahim das auf dem Foto, aber das musste als Entscheidungsgrundlage genügen.

Er schritt die Reihen der Laborbänke ab und blieb an dem Platz stehen, der mit »Frobe« beschriftet war. Er nahm das Reaktionsgefäß und legte es in den Gefrierschrank unter der Laborbank. Dann packte er den Stapel seiner Aufzeichnungen und platzierte ihn gut sichtbar auf dem Tisch. Darin befanden sich die Ergebnisse und die Anleitung, wie man die Substanz in dem Röhrchen herstellen konnte. Die Formel zur Heilung von Krebs.

Ibrahim warf die Latexhandschuhe in einen Abfallcontainer, schnappte sich den Eimer und trat auf den Flur hinaus. Dann zögerte er, wollte für einen Moment zurück ins Labor gehen. Zu seinen Ergebnissen.

Ibrahim lächelte und schüttelte den Kopf. Nein, dafür war er zu alt. Er beeilte sich, in den anderen Gebäudetrakt zu kommen. Schließlich wollte er sich nicht noch einmal vom Vorarbeiter sagen lassen, dass er zu faul war, die Toiletten in der Nachtschicht sauber zu bekommen.

Zitronenlimonade

Joshua stand auf, als seine Mutter aus dem Zimmer kam. Ihre Augen waren rot und er sah, dass sie geweint hatte.

»Möchtest du jetzt zu deinem Großvater, Josh? Er ist zwar müde, freut sich aber, dich zu sehen.«

Josh nickte zögerlich und ging an seiner Mutter vorbei ins Krankenzimmer.

Sein Großvater lag im Bett. Als er Josh ins Zimmer kommen sah, setzte er sich auf. Josh fand, dass Großvater blass aussah, noch blasser als die letzten Wochen.

»Komm her, mein Junge. Wie schön, dass du da bist.«

»Hallo, Opa«, sagte Josh leise. »Ist auch schön, dich zu sehen. Ich hab dich vermisst.« Er reichte seinem Großvater die Hand.

Der lachte nur und brummelte: »Ich hab dich auch vermisst. Und du darfst mich schon umarmen, wenn du willst. Ich bin nicht zerbrechlicher als sonst.«

Josh umarmte ihn heftig, so gut es in dem ausladenden Krankenhausbett eben ging.

»Du bist groß geworden im letzten Jahr«, sagte Joshs Großvater und klopfte ihm auf die Schultern.

»Nee. Zumindest nicht groß genug.«

»Wie meinst du das?«

»Bin der Kleinste in meiner Klasse. Und …« Josh sah auf den Boden.

»Und?«, fragte sein Großvater und nahm Joshs Hand.

»Nichts«, sagte Josh schnell.

»Hmmm, verstehe. Nichts.« Joshs Großvater sah ihn mit gutmütigen Augen an. »Wir hatten doch sonst nie Geheimnisse voreinander. Dafür haben wir so einiges unternommen, das deine Eltern nicht wissen. Die hätten das sonst verboten, weil sie übervorsichtig sind.« Er lachte und musste dabei husten.

Sie schwiegen einen Moment.

»Die aus der 9. Klasse verprügeln mich«, platzte es aus Josh heraus. »Und sie streamen die Videos davon live ins Internet. Als Unterhaltung für ihre Klassenkameraden.« Josh fing an zu weinen.

»Schhh ...« Sein Großvater streichelte ihm den Kopf. »Hab mir sowas fast gedacht. Hast du es deiner Mutter erzählt? Oder deinem Klassenlehrer?«

»Das geht nicht. Ich hab zwar einen Verdacht, wer die sind, ich kann es aber nicht beweisen. Man kann sie auf den Videos nicht erkennen, weil sie Skimasken aufhaben und nie etwas sagen.«

Josh schluchzte.

»Wie tun sie dir denn weh?«

Er wollte seinem Großvater nicht antworten, aber er konnte es nicht länger mit sich herumtragen. »Einer hält mich fest, und der andere ... der andere zieht mir die Hose runter und verhaut mich mit einem Stock oder was er sonst findet. Der Dritte filmt alles mit dem Handy.« Dicke Tränen liefen Joshs Wange hinunter. »Alle in meiner Klasse kennen die Videos.«

Der Blick von Joshs Großvater verfinsterte sich. »Diese feigen Saukerle.«

Josh beruhigte sich langsam wieder. »Ich kann manchmal kaum auf meinem Stuhl sitzen.« Josh schüttelte den Kopf. »Was soll ich denn tun?«

»Gibt es niemanden, der dich beschützen kann?«

Josh schüttelte energisch den Kopf. »Außer eine paar Fünftklässlern hat niemand denselben Schulweg. Und die laufen immer sofort weg.«

Sein Großvater seufzte. »Wäre ich jung und ... gesund, würde ich denen die Ohren langziehen. Und nicht nur das. Aber ich kann ja nicht einmal aus diesem Bett heraus ...«

Er sah nachdenklich aus dem Fenster. »Kannst du dich an deinen 10. Geburtstag erinnern?«

Josh sah ihn fragend an. »Klar. Was meinst du, Opa?«

»Den Wettbewerb im Schlammrutschen.«

»Ach das. Das war toll. Alle meine Freunde fanden es cool. Mama musste danach das ganze Haus putzen.« Josh musste lachen und sah sich kurz um, ob seine Mutter nicht zufällig hinter ihm stand.

Joshs Großvater nickte. »Stimmt. Und weißt du noch, warum wir das gemacht haben?«

»Weil es geregnet hat. Deshalb konnten wir nicht Fußball spielen, wie wir es eigentlich vorhatten. Aber am Ende war es so viel besser.«

»Genau. Wir haben das Beste daraus gemacht«, stimmte ihm sein Großvater zu.

»Du hast gesagt: Wenn dir das Leben Zitronen gibt, dann mach Limonade draus. Das hab ich mir gemerkt«, sagte Josh.

»Sehr gut, mein Junge. Genauso ist es. Das ist aber nur eine Möglichkeit. Man kann aus den Zitronen auch Saft pressen, um ihn in die Augen der Gegner zu spritzen.«

Josh zuckte zusammen. »Das tut bestimmt weh.«

»Bestimmt. Zur Verteidigung darf man so etwas einsetzen.«
Josh nickte.

»Weißt du, was ich dir damit sagen will?«, fragte ihn sein Großvater und lächelte dabei.

»Ich glaube schon«, sagte Josh und überlegte einen Moment. »Ich habe zumindest eine Idee.«

»Wusste ich es doch. Du bist der klügste Zwölfjährige der Welt. Und jetzt lass mich schlafen. Ich bin sehr müde.«

Josh stand auf und ging zur Tür. Er drehte sich um und winkte, als er das Zimmer verließ. »Danke, Opa! Schlaf gut.«

Josh rannte, so schnell er konnte, nach Hause. Dort verzog er sich in sein Zimmer. Er musste noch dringend einige Anrufe machen und ein paar Dinge vorbereiten.

Am nächsten Tag ging Josh wie immer nach der Schule nach Hause. Sein Weg führte ihn an einem Maisfeld vorbei und danach durch ein Wäldchen und an einem Bach entlang. Bis er schließlich in eine Siedlung führte, in der das Haus seiner Familie lag.

Josh wusste, dass sie ihm oft kurz vor oder nach dem Wäldchen auflauerten. Einmal hatte er einen Umweg über zwei Dörfer in Kauf genommen, aber das hatte ihn zwei Stunden gekostet. Seine Mutter hatte sich unendliche Sorgen gemacht, weil er so spät nach Hause gekommen war. Am Tag danach waren die Prügel außerdem umso heftiger gewesen.

Heute wollte er seinen Peinigern nicht ausweichen. Im Gegenteil.

Der Weg machte vor dem Wäldchen eine sanfte Biegung. Josh hörte das Rascheln im Gebüsch, kurz bevor eine Gestalt mir Skimaske und schwarzer Jacke auf den Weg sprang. Ehe er sich versah, wurde er gepackt und zwei vermummte Gestalten kamen aus dem Wald gelaufen. Eine davon trug einen Teppichklopfer in der Hand.

Josh wehrte sich etwas dagegen, dass sie ihm die Jeans herunterzogen. Gerade so viel, dass es nicht auffiel, dass er genau das eingeplant hatte. Er sah aus dem Augenwinkel, wie das Handy auf ihn gerichtet wurde. Die Live-Show hatte begonnen.

Er spürte, wie seine Unterhose nach unten rutschte. Normalerweise setzten jetzt die Prügel ein, aber für ein paar Sekunden geschah nichts.

»Verdammt, da stehen unsere Namen drauf«, hörte er den Jungen mit dem Teppichklopfer hinter sich rufen.

»Was? Unsere Namen? Wo sollen die stehen?«, rief ihm der Kerl zu, der vor Josh stand und ihn festhielt. Er beugte sich nach vorne, um den Hintern von Josh sehen zu können. »Tatsächlich. Dieser Wichser!«

»Seid still ihr Idioten!«, brüllte der Junge, der das Handy im Anschlag hielt. »Wir sind grade live drauf.« Er schaltete die Aufnahme aus, aber es war zu spät. Josh nutzte die Verwirrung, befreite sich aus dem Griff und riss die Plastikfolie von seiner Hüfte. Er warf sie vor den drei Angreifern auf den Boden. Deutlich waren drei Namen zu lesen, so wie er sie gestern mit roten Buchstaben daraufgeschrieben hatte: Klaus Penz, Mehmet Övan und Dieter Haase.

Genauso wie sie auch im Videostream zu sehen gewesen waren.

Alle vier standen bewegungslos um die Plastikfolie und starrten sie an.

Josh zog seine Hose nach oben. Klaus Penz sah Josh fassungslos an. »Du kleines Arschloch. Jetzt machen wir dich fertig. Ist mir egal, ob sie uns morgen schnappen.«

Josh zitterte vor Aufregung. »Das hab ich mir schon gedacht. Ich glaube, daraus wird nichts. Ihr müsst los.« Er deutete auf den Wald. Vor dort näherten sich zwei Personen.

Dieter und Klaus schüttelten die Köpfe. »Scheiße, meine Mutter«, brach Klaus das Schweigen. »Und mein Vater«, setzte Dieter nach.

Josh nickte. »Ich hab ihnen gestern den Link zum Videostream geschickt sowie Ort und Zeit. Sie waren sehr interessiert zu erfahren, was ihr am Nachmittag macht, anstatt Fußball zu spielen.«

Josh sammelte seine Sachen auf und trat den Heimweg an. Er hatte das Gefühl, dass sich seine Probleme in dem Maß verringert hatten, wie sie für die drei Neuntklässler größer geworden waren.

Er konnte kaum glauben, dass sein Plan funktioniert hatte. Er fühlte sich frei und unglaublich gut.

Als er an dem Bach entlang lief, spürte er einen warmen Lufthauch an seiner Wange. Beinahe so, als hätte ihn dort jemand gestreichelt. Er sah nach oben und direkt vor ihm formierte sich eine Wolke am Himmel. Josh sah die Wolke einen Moment lang fasziniert an. Dann war er sich sicher. Sie sah aus wie eine große Zitrone.

Stille Wasser

Vanessas blanker Hintern blitzte verführerisch im Mondlicht, als sie über die Wiese zum Seeufer lief.

»Komm, du Feigling!«, rief sie lachend. Einen Moment später landete sie platschend im Wasser.

Das Wort »Feigling« lockte Georg aus der Reserve. Widerwillig zog er sich aus und ging nackt auf das Ufer zu. Er fröstelte bei dem Gedanken, in das Wasser des Gebirgssees einzutauchen. Die Luft war nach dem heißen Augusttag warm, das Wasser sicher nicht.

Vanessa plantschte vergnügt in Ufernähe, während Georg seine Verlobte beobachtete.

»Da steht BADEN VERBOTEN!«, rief er ihr zu, obwohl er keine Hoffnung hatte, dass er damit um das nächtliche Bad herumkam.

»Klar, solche Schilder stellen reiche Leute auf, um an exklusiven Ufergrundstücken ihre Ruhe zu haben. Aber um diese Uhrzeit schlafen die. Los, komm rein.«

Georg seufzte. Er tat ein paar vorsichtige Schritte ins Wasser und fühlte den kiesigen Untergrund. Als er knietief im See stand, sprang er mit einem Satz kopfüber hinein.

Er tauchte einen Meter vor Vanessa auf und prustete. »Ist das scheißkalt. Mein kleiner Freund hat sich komplett zurückgezogen, falls dich das interessiert.«

Vanessa lachte. »Dann bleibst du damit wenigstens nicht an irgendwelchen Schlingpflanzen hängen oder angelst damit Hechte.« »Hechte? Schlingpflanzen?«, rief Georg, aber Vanessa war bereits auf den See hinausgeschwommen und konnte ihn nicht mehr hören.

Georg schwamm ihr hinterher, um sie nicht aus den Augen zu verlieren. Er spürte, wie das kalte Wasser seine Muskeln träge machte.

Mitten im See traf Georg auf Vanessa, die ihn angrinste. »Super Idee von mir, auf der Rückfahrt von Marys Feier hier anzuhalten, oder? Ich wollte schon immer bei Mondlicht nackt baden.«

»Ach wirklich? Das muss eine von deinen Neigungen sein, die du bisher erfolgreich vor mir geheim gehalten hast. Egal, ich habe auch eine Menge Vorlieben, von denen du nichts weißt«, warf er ihr zu.

Vanessa lachte. »Hm, verstehe. Das macht mich aber überhaupt nicht neugierig. Tut mir leid, Schatz.« Sie knuffte ihn neckisch in die Seite, was Georg mit einem »Verdammt, einen Versuch war es wert« quittierte.

Er drehte sich um. Das Mondlicht spiegelte sich gespenstisch auf der Wasseroberfläche. Das Ufer war schätzungsweise etwa 200 Meter entfernt. An der anderen Seite des Sees ragte ein dunkles Felsmassiv auf.

Eine Weile schwammen er und Vanessa nebeneinander parallel zum Ufer.

»Was hältst du von einer schönen Rückenmassage mit warmem Öl in unserem Bett?«, brach Georg die Stille.

Vanessa sah ihn an. »Ist das deine Art mir zu sagen, dass du keine Lust mehr auf Schwimmen hast?« Sie zwinkerte ihm zu. »Na gut, lass uns nach Hause fahren. Aber das wirst du mit einer extralangen Massage bezah…« Bevor Vanessa ihren Satz beenden konnte, wurde sie nach unten gezogen.

»Verdammte Scheiße«, stieß Georg hervor und tauchte sofort an der Stelle, wo Vanessa untergegangen war. Unter Wasser empfing ihn Schwärze. Weder konnte er Vanessa sehen noch irgendetwas anderes erkennen. Nachdem er etwa drei Meter tief getaucht war, kam er verzweifelt an die Oberfläche zurück. Er überlegte fieberhaft, was er tun sollte, doch eher er erneut abtauchen konnte, wurde er von hinten unter Wasser gedrückt. Er versuchte den Kopf oben zu behalten und nach Luft zu schnappen, was jedoch schiefging. Er nahm einen kräftigen Schluck kalten Seewassers.

Einen Moment später griff ihm jemand unter die Schultern und er wurde nach oben gezogen. Georg spuckte das Wasser aus, hustete und sah direkt in Vanessas Gesicht. »Verdammt!«

»War nur Spaß. Ich wollte dir bloß einen kleinen Schreck einjagen«, sagte Vanessa und zog ihr bestes Unschuldslämmchengesicht. Sie schlang ihre Arme um Georg und küsste ihn.

»Das nennst du Spaß? Erinnere mich bitte daran, dass ich dir deine Sammlung von Psychothrillern wegnehme. Die haben einen ganz schlechten Einfluss auf dich«, brummelte Georg. Er küsste Vanessa flüchtig zurück.

»Hm, jetzt wo du es erwähnst, halte ich es für möglich, dass mich einige davon inspiriert haben. Aber stell dir erst mal vor, ich würde Bücher von Sebastian Fitzek lesen. Der ganze See wäre inzwischen rot von unserem Blut.« Vanessa zog eine Fratze und lachte.

Georg schnaubte. »Ich glaube, du bist noch überdreht von der Party. Ist besser, wir kommen bald ins Bett. Wer weiß, was heute sonst noch alles passiert.«

»Okay, wir schwimmen zurück«, gab Vanessa nach. »Mir wird auch langsam kalt.«

Georg sah zum Ufer hinüber, an dem sie ins Wasser gestiegen waren. »Sag mal, hast du auch den Eindruck, dass wir abgetrieben worden sind?«

»Abgetrieben?«, fragte Vanessa. »Das kann nicht sein. Das ist kein sehr großer See und es ist fast windstill. Wie sollte man da abgetrieben werden?«

»Wir sind definitiv weiter vom Ufer entfernt als vorhin.« Georg horchte in die Nacht hinaus. Er hörte ein dumpfes Dröhnen. »Eine Erklärung gäbe es. Was, wenn das ein Stausee ist, der in diesem Moment abgelassen wird?«

Vanessa riss die Augen auf. »Ein Stausee? Oh mein Gott! Das wusste ich nicht.«

Das Dröhnen nahm zu. »Turbinen«, sagte Georg. »Schwimm! Schwimm, so schnell du kannst!«

Georg tat einige kraftvolle Kraulzüge in Richtung des Ufers, und es gelang ihm, etwas voranzukommen. Vanessas Bemühungen waren nicht so erfolgreich. Sie bewegte sich weiter in die entgegengesetzte Richtung.

Georg drehte sich zu ihr um. »Schwimm schneller!«

Ein paar Minuten lang versuchten Georg und Vanessa mit aller Kraft, dem Ufer näher zu kommen.

»Ich kann nicht mehr«, japste Vanessa. Ihre Schwimmbewegungen wurden schwächer und sie hatte Mühe sich über Wasser zu halten.

George zögerte einen Moment, machte kehrt und schwamm zu ihr zurück. Er konnte die Staumauer sehen und das Dröhnen der Turbinen war unüberhörbar.

Er zog Vanessa heran, um sie zu unterstützen. »Ich hab noch gesagt: BADEN VERBOTEN!«

»Ich hätte auf dich hören sollen«, schluchzte Vanessa. »Jetzt ist es zu spät. Werden wir von den Turbinen angesaugt und müssen sterben?«

Georg winkte ab und küsste sie. »Unsinn, mein Schatz, wir werden nicht eingesaugt. Die Öffnungen liegen tief unterhalb der Wasseroberfläche. Bis nach oben reicht der Sog nicht.«

Vanessa seufzte erleichtert.

»Aber voraussichtlich halten uns die Strömung und der Strudel, den sie erzeugt, so lange im kalten Wasser fest, bis wir entkräftet untergehen und ertrinken. Wenn wir vorher Krämpfe bekommen, geht es schneller.«

Vanessa fing an zu weinen.

Georg nahm sie so fest in den Arm, wie er es im Wasser vermochte.

»Hilfe! Wir ertrinken! Wir brauchen Hilfe!« Georgs Rufe wurden von den Bergwänden zurückgeworfen und er stellte fest, dass sogar das Echo verzweifelt klang. Er schrie weiter um Hilfe, bis ihm die Luft ausging. Keine Antwort und keine Menschenseele weit und breit.

Sie waren fast bis zur Staumauer getrieben worden, die hinter ihnen 20 Meter in die Höhe ragte. Viel zu steil, um nach oben zu kommen. Vanessa sah ihn an. »Du musst es alleine versuchen. Ohne mich hast du eine Chance. Schwimm aus dem Strudel und lass mich zurück.«

Georg schüttelte den Kopf. »Ich lass dich nicht allein.«

Vanessa weinte erneut. »Doch, du schaffst es bestimmt an der Mauer entlang. Wenn du am Ufer bist, hol Hilfe oder bring eine Luftmatratze mit. Was auch immer.« Sie ging kurz bis zur Nase unter, strampelte sich aber wieder nach oben.

»Kommt nicht in Frage. Wenn du dann untergegangen bist?« Georgs Tränen vermischten sich mit dem Seewasser.

Er atmete durch. »Wir versuchen es ein letztes Mal gemeinsam. Vielleicht überwinden wir den Sog. Oder sie schalten die Turbinen ab, bevor wir müde werden. Und ... und wenn alles schiefgeht, dann ... dann stehen wir es gemeinsam bis zum Ende durch.«

Vanessa strahlte ihn an. Nach einem kurzen Moment rief sie: »Jetzt!«

Keine zehn Sekunden später platschten zwei Rettungsringe mit Seilen neben ihnen ins Wasser, die Vanessa sogleich heranzog.

Sie warf sich einen der Ringe über und gab den anderen Georg.

Georg nahm ihn und starrte Vanessa mit offenem Mund an. »Was zum Teu...?«

»Ich liebe dich! Meine Antwort ist JA.«

»Was? Welche Antwort? Ich liebe dich auch! Aber was soll das alles?« Georg sah nach oben. Auf der Mauer erkannte er Harald und Trixi, zwei langjährige Freunde von Vanessa. Sie hielten die Seilenden in der Hand und begannen die beiden Rettungsringe an der Staumauer entlang ans Ufer zu ziehen.

»Die Antwort auf die Frage, ob ich dich heiraten will. Du hast mich vor zwei Wochen gefragt. Darauf habe ich dir gesagt, ich müsste mir sicher sein, dass du der Richtige bist. Das bin ich jetzt. Du hast den Test bestanden.«

»Test?« Georg schluckte und rang sich ein Lächeln ab. Verdammte Psychothriller.